MIX
Aus verantwortungs-
vollen Quellen
FSC® C022120

ISBN 978-3-649-63251-1

Hafenweg 30, 48155 Münster, Germany
Textsatz: Internetlitho, Münster
Redaktion: Nina Sträter

Printed in Slovakia

www.coppenrath.de

DER KLEINE MORD

Mit Illustrationen von Kordula Röckenhaus

COPPENRATH

Inhalt

Nicola Förg

Schwedisches Gift

Anneliese schlenderte an jenem ersten Advent langsam. Ihrem Blick entging nichts. Die hier waren zu dick, die anderen ein klein wenig ausgefranst. Jene hatten die Form verloren, waren einfach keine akkuraten Kegel. Dort gefiel ihr die Dekoration überhaupt nicht, viel zu bunt. Viel zu albern. Viel zu amerikanisch. Ihre waren perfekt, das würde man anerkennen müssen. Endlich anerkennen müssen. Anneliese schlenderte weiter durch die Turnhalle, in der sich der typische Geruch von Turnschuhen festgesetzt hatte und eine etwas seltsame Geruchskombination mit den Exponaten einging. Allmählich nahmen alle ihre Plätze ein, Anneliese war nun doch nervös, auf den harten Holzstühlen konnte man sowieso nicht entspannt sitzen. „Gechillt“ nannte ihre Schwiegertochter das – Gott, um Himmels willen, hatte die Institution der Schwiegertochter sicher nicht gewollt.

Ella Grathwohl, die Pastorengattin, war unglaublich fett. Ihre Stimme war hingegen piepsig und ihre Rede schon mit Ungeduld erwartet worden. Denn nun kam der Höhepunkt der Weihnachtsfeier hier in der beschaulichen Gemeinde in Oberschwaben. Sie kam ewig nicht zum Punkt, bedankte sich bei Hinz und Kunz, auch noch bei ihrem „lieben Gatten", und schuf immer neue Satzgebilde. „So sind wir hier in der Gemeinde doch alle wie ein Zug. Die Lok ist wichtig, aber was wäre die Lok ohne all die ganz unterschiedlichen Wagen!", zwitscherte sie.

Und du bist auf jeden Fall ein rostiger Frachtwaggon, dachte Anneliese. Diese Evangelen mit ihrem Geseier gingen Anneliese wirklich auf die Nerven, da waren ihr die Katholen mit ihren Ritualen, die man auch noch im Koma mitleiern konnte, weit lieber. Aber den Wettbewerb lobte nun mal jedes Jahr die kleine evangelische Gemeinde aus.

Endlich kam Ella zum Punkt. „Und dieses Jahr gewinnt den Plätzchenwettbewerb unserer Gemeinde unsere liebe Agneta Bäuerle."

Anneliese war schon nahe dran aufzuspringen. Sie hatte das trainiert. Aufspringen, sich dann ein wenig drehen und sonnen im Jubel der Massen. Gerade noch hielt sie etwas am Stuhl fest. Es hatte geheißen Agneta Bäuerle, nicht Anneliese Bäuerle. Zum dritten Mal in Folge hatte ihre Schwiegertochter gewonnen! Anneliese

sackte tiefer in ihren Stuhl. Sie hatte es immer schon geahnt: Diese Schwedin zu heiraten, war der größte Fehler ihres Tommile gewesen. Bloß weil sie so blond war und großbusig, blauäugig, einfach so schwedisch war sie. Sie war immer gut drauf. Sie war emanzipiert und verdiente als Designerin richtig Geld – und das mit albernen Pudelmützen, Bommelschals und Handschuhen, deren Finger wie Tierköpfe aussahen. Sie hatte sogar zwei Läden, einen in Biberach und einen in Ulm. Überall auf ihren Machwerken gab es Elche und Rentiere. Die Zwillinge hatte sie früh in eine Krippe gegeben mit dem Argument, das täte in Schweden doch jede Frau. Diese Rabenmutter! Und der Tanz, als sie Thomas' Namen annehmen sollte! Nur nach langem Hin und Her hatte sie zugestimmt. Aber ihr Sohn Thomas, ihr geliebtes Tommile, war ja völlig verblendet!
Und nun hatte sie wieder gewonnen mit ihren dämlichen Plätzchen, die ein akkurates Schachbrettmuster hatten und von kleinen Zucker-Elchen in Neonfarben gekrönt waren. „Älgbröd" nannte sie ihre Kreation. Anneliese musste zugeben, dass sie dieses Schachbrettmuster nie so hinbekam, es verlief immer ein wenig. Und sie hatte letztes Jahr heimlich mal probiert, die Dinger schmeckten wirklich gut: buttrig, nicht zu süß. Wie bekam sie das nur hin, dieses schwedische Gift aus Uppsala?

Agneta hatte ihren Preis, einen Essensgutschein für das Gasthaus „Zum Bäumle“, erhalten, überall Hände geschüttelt und wieder atemberaubend ausgesehen in ihren Stiefeln, der roten Strumpfhose und dem sehr kurzen Strickrock. Anneliese hasste sie in dem Moment so sehr, dass ihr die Luft wegblieb. So ging das nicht weiter.

Abends waren Agneta und Thomas dann auch gleich aufgebrochen, den Gutschein einzulösen, sie sollte auf die Zwillinge aufpassen – das kam ihr zupass. Als die beiden Süßen – sie waren wirklich süß und gar nicht so blond wie die Mutter, Anneliese hoffte auf die guten Gene ihres Sohnes – schliefen, begann sie die Küche zu durchsuchen. Das Schwedengift musste einen Trick haben.

Anneliese hatte letztes Jahr sogar schon in den einschlägigen Konditoreien in Ulm und um Ulm herum angerufen, in Biberach natürlich auch, ob sie solche Plätzchen buken. Sie war sich sicher, dass Agneta die gekauft hatte. Aber nein, das hatte sie wohl nicht getan. Und auch heute roch es in der Küche nach Backwerk, es lagen sogar ein paar Krümel herum, unordentlich war die Schlampe auch noch. Der Trick musste woanders liegen, und dann entdeckte Anneliese eine Dose, natürlich wieder mit Elchmotiv, die die

Aufschrift „Backpulver“ trug. Anneliese probierte eine winzige Menge, es schmeckte anders als ihres, das war schwedisches Backpulver, ganz klar! Sie nahm die Dose mit nach oben in ihre Einliegerwohnung und buk ihre Spitzbuben, mit ordentlicher Menge von dem Backpulver. Anneliese war auf einmal richtig euphorisiert, sie war hellwach, fühlte sich großartig und stellte die Dose wieder zurück.
Die Plätzchen waren sehr gut geworden und genau fertig, als Tommile und Agneta zurückkamen. Anneliese präsentierte den Teller. „Jetzt musst du mir aber doch wenigstens die Ehre erweisen, meine zu kosten“, sagte Anneliese und gab sich heiter. Agneta nahm einen Keks und fügte hinzu, dass sie gern morgen zum Cappuccino ein paar essen würde. Klar, sie hatte so ein neumodisches Chromungetüm, der gute Brühkaffee aus dem Keramikfilter tat es für die Schwedenmadame ja nicht.
Am späten Vormittag des nächsten Montags kam der Anruf. Tommile war kaum zu verstehen. Sie sollte die Zwillinge aus der Krippe holen, Agneta war verunglückt. Anneliese verstand das alles nicht so recht, zumal sie sich seltsam depressiv fühlte, ausgelaugt, so als hätte sie einen Kater, wenn sie mal mit ihrer Freundin Helga zu viel vom Sektchen gehabt hatte. Als ihr

Sohn am Nachmittag heimkam, war er ein gebrochener Mann. Agneta war auf völlig freier Straße – es hatte noch keinen Schnee gegeben, keinen Frost, es war kein anderes Fahrzeug involviert gewesen – gegen einen Brückenpfeiler gerast. Aber Agneta war doch wirklich nicht suizidgefährdet. Und nun lag das schwedische Energiebündel im Koma. Sie hatten ihr im Krankenhaus viel Blut abgenommen, viele Tests gemacht. Am nächsten Morgen war die Polizei im Haus, Anneliese schlich sich in den Flur und beugte sich über das Geländer. Sie vernahm die leisen Stimmen, immer wieder Thomas' Rufe: „Aber das gibt es doch nicht!" Anneliese hörte, dass die Polizei wohl die Wohnung durchsuchte, Schritte, unterschiedliche Stimmen.

Irgendwann einmal rief Thomas zu ihr hinauf: „Mutter, kannst du mal runterkommen?“
Als sie das Wohnzimmer betrat, stand da eine wohlbekannte Dose. Ein freundlicher Beamter namens Habermann stellte viele Fragen. Eine nette Frau namens Sütterle auch. Beide stellten sehr viele Fragen. Bei jeder Antwort sackte Thomas tiefer in den Sessel. Als Anneliese dann zusammensackte, musste der Notarzt kommen. Anneliese nahm das alles wie durch einen Schmierfilm wahr, sie wurde mit einem jaulenden Auto davongefahren.
„Herr Bäuerle“, sagte die Beamtin Sütterle später im Krankenhaus ganz sanft. „Wie es aussieht, hat Ihre Mutter das vermeintliche Backpulver Ihrer Frau in ihre Spitzbuben verbacken. Das Backpulver ist aber hochreines Kokain. Ihre Mutter hat wohl auch am Backpulver gekostet. Ihre Frau hat wahrscheinlich durch den Genuss der Kekse zum Frühstück deutlich mehr erwischt. Kokain kann man sehr leicht über die Schleimhäute aufnehmen, oral setzt die Wirkung später ein, als wenn man schnupft oder spritzt. Aber sie setzt ein. Weiter kann der Arzt nur spekulieren, dass bei Ihrer Frau dann Halluzinationen im optischen Bereich aufgetreten sind und sie die Kontrolle über ihr Fahrzeug verloren hat. Bei Ihrer Mutter

dürfte auf eine Phase der Euphorisierung dann Erschöpfung gefolgt sein und massive Kreislaufprobleme. Ihr Herz ist ja auch nicht mehr das beste, sagte der Arzt.“ Sütterle lächelte. „Sie können Ihre Aussage, dass Sie vom Kokainbesitz Ihrer Frau nichts gewusst haben, natürlich gern später bei uns auf dem Revier machen. Jetzt kümmern Sie sich mal um Ihre beiden Damen.“

Habermann schüttelte unentwegt den Kopf, als er dem davoneilenden Thomas hinterhersah.

„Was für ein Gschichtle. Schwedische Erfolgsfrau ist bloß so erfolgreich, weil sie kokst. Schwäbische Oma klaut Zauberbackpulver, um einen Plätzchenwettbewerb zu gewinnen.“

„Und weißt du, was das Gemeinste ist?“, fragte Sütterle und wartete die Antwort nicht ab. „Diese perfekten Plätzchen sind von Bofrost. Da gibt es einen Rohteig in diesem Schachbrettmuster, einfach ein langes, dickes Würschtle, das man aufschneidet. Die Elche hat sie dann draufgepappt, und fertig war das Älgbröd, mit dem man Preise gewinnt.“

„Elchbrot, das fast tödlich ist“, knurrte der Kollege und ging immer noch kopfschüttelnd den Gang hinunter. Sütterle folgte, den Bofrost-Teig würde sie kaufen. Sie war nämlich auch eine totale Backversagerin.

Allerdings würde sie niemals an einem Wettbewerb teilnehmen. Und besser jeder Freundin erzählen, woher die Plätzchen stammten. Oder doch nicht? Ihre Schwägerin Veronika gab immer so an mit ihren Vanillekipfle …

Das Essen soll zuerst
das Auge erfreuen
und dann den Magen.

Johann Wolfgang von Goethe

Gitta Edelmann

Besuch bei einer alten Dame

Greta liebte Besuch. Dabei machte es für sie keinen Unterschied, ob ihre Freundinnen am Dienstagnachmittag zum Canastaspielen kamen oder ob ein Mitglied ihrer großen Familie überraschend vorbeischneite, um sich auszuweinen, mit ihr eine bestandene Prüfung zu feiern oder jetzt während vorweihnachtlicher Shoppingaktionen den Nachwuchs zu parken.

Heute übernachtete Amelia-Henriette bei ihr – ein erstes Mal, denn Amelia-Henriette war trotz ihres Namens keineswegs eine alte, grau gelockte Dame, sondern Gretas sieben Monate alte Urenkelin. Ihre erste Urenkelin. Allerdings war zu hoffen, dass es bei den 13 Enkelkindern, die ihre vier Kinder hervorgebracht hatten, nicht bei Amelia bleiben würde.

Lächelnd strich sie über das zarte, helle Haar der Kleinen, die friedlich in ihrem Reisebettchen im Schlafzimmer schlummerte. Dann ging sie in die Küche und öffnete die bereitgestellte Flasche. Spätburgunder Weißherbst, genau das Richtige zum Abschluss eines

schönen Tages. Sie füllte das alte Kristallglas, das letzte seiner Art, halb mit der roséfarbenen Flüssigkeit und atmete genussvoll das Aroma ein.
In diesem Moment klingelte die Türglocke. Überrascht stellte Greta das Glas ab und ging nachsehen. Durch den Türspion über dem Adventsgebinde konnte sie das Gesicht einer blassen, jungen Frau mit kurzen dunklen Haaren erkennen. Was die wohl so spät am Abend noch von ihr wollte? Und kannte sie die nicht von irgendwoher? Entschlossen öffnete Greta die Tür. Die Frau zuckte zusammen, sah sich ängstlich um und drückte sich dann an Greta vorbei in die Wohnung.
„Helfen Sie mir – bitte!“, flüsterte sie mit Panik in der Stimme.
Instinktiv schloss Greta die Tür. Dann sah sie den unerwarteten Besuch an.
„Wir brauchen Hilfe, wir werden verfolgt!“, flüsterte die Frau. „Die wollen mir meine Tochter wegnehmen.“ Sie stellte ihren Rucksack ab und öffnete ihren weiten, schwarzen Mantel. Darunter trug sie ein fröhlich rot-weiß gestreiftes Babytragetuch, aus dem der obere Teil eines winzigen, mit einem weißen Käppchen bedeckten Köpfchens herausschaute. Sorgfältig eingestickt in das Käppchen war der Name: Andrea.

„Jetzt setzen Sie sich doch erst mal“, sagte Greta, schob die junge Frau ins Wohnzimmer und deutete auf das Sofa.

„Kann ich Ihnen ein Glas Wein anbieten oder besser nicht – wegen des Stillens?“

Die Frau nickte erst, dann schüttelte sie den Kopf.

„Ich stille nicht.“

Greta zündete die vier Kerzen auf dem Adventskranz an, der auf dem Couchtisch stand, und ging zurück in die Küche. Sie goss Wein in ein zweites Glas, füllte eine Schale mit Weihnachtsgebäck, stellte alles auf das hübsche kleine Schneemanntablett, das sie von ihrer Enkelin Mia zum Geburtstag bekommen hatte, und trug es ins Wohnzimmer.

Die Frau hatte ihr Baby inzwischen aus dem Tragetuch geholt und hielt es liebevoll und beschützend im Arm wie Maria das Jesuskind. Ein echter Winzling, dachte Greta. Man vergisst immer wieder, wie klein so ein Neugeborenes ist. Was für ein Unterschied zu Amelia und das sind nur ein paar Monate!

Greta setzte sich auf ihren Lieblingsstuhl. Der hatte genau die richtige Höhe gegen ihre Rückenprobleme. Sie nahm ihr Glas, prostete der Frau auf dem Sofa kurz zu und nahm einen kräftigen Schluck. Hmm. Gut, dass sie von dem noch ein paar Fläschchen hatte.

„Also, dann erzählen Sie doch mal“, sagte Greta und sah ihren Besuch auffordernd an. „Wer sind Sie und wer verfolgt Sie?“

„Ich bin die Nadine – erinnern Sie sich nicht?“

Greta schüttelte den Kopf.

„Wenn ich ehrlich sein soll, nein. Sind Sie eine Freundin von meiner Enkelin?“

„Nein, ich war vor zwei Jahren ein paar Mal hier, als Sie das Bein gebrochen hatten. Ambulante Pflege. Mit Schwester Christiane.“

Greta nickte langsam. Ja, Schwester Christiane hatte manchmal eine Schwesternschülerin dabeigehabt. Mit einem langen dunklen Zopf, deshalb hatte sie die kurzhaarige junge Frau nicht gleich wiedererkannt.

„Mhm ja“, sagte sie. „Sie haben doch so gerne die Babyfotos von meinen Enkeln angeschaut. Und jetzt haben Sie selbst ein Kindchen – ach, das freut mich aber für Sie.“

Nadine sah liebevoll auf das schlafende Baby in ihrer rechten Armbeuge.

„Niemand nimmt dich mir weg!“, flüsterte sie, dann sah sie Greta fordernd an.

„Sie müssen uns verstecken, damit uns niemand findet.“

„Aber wer verfolgt Sie denn?“

„Der Vater. Er will mir meine Tochter wegnehmen.

Dann sehe ich sie nie wieder! Meine Andrea!“
In Nadines Blick flackerte etwas – Angst, Hass, Verzweiflung? Hilflos sah Greta sie an. Man las ja von so was immer wieder in der Zeitung. Väter, die ihre Kinder ins Ausland entführten. Dabei gehörte so ein kleines Würmchen selbstverständlich zu seiner Mutter. Allein schon wegen der Milch. Ach so, nein, Nadine hatte ja vorhin gesagt, sie würde nicht stillen. Schade, das war doch das Beste für Mutter und Kind, und so praktisch.
„Möchten Sie noch ein Gläschen Wein?“, fragte Greta.
Nadine nickte. Sie hatte nicht nur die halbe Schale Weihnachtsgebäck leer gegessen, sondern auch das Glas ziemlich schnell geleert, fand Greta, sie stand wohl ziemlich unter Stress. Wieso war sie gerade hierher gekommen? Weil Greta vertrauenswürdig war? Weil niemand von ihrer Verbindung wusste? Weil sie erfahren und – alt war?
Greta holte die Flasche aus der Küche und schenkte nach.
„Der ist aus Ettenheim“, sagte sie. „Den trinke ich immer noch am liebsten. Wir hatten früher eigenen Wein.“
„Eigenen Wein?“, fragte Nadine und trank ein paar Schlückchen.

„Einen eigenen kleinen Weinberg – auf dem Altdorfer Sonnenberg“, erklärte Greta.
„Echt? Cool!“
„Wollen Sie die Kleine nicht ein bisschen hinlegen? Das ist doch bequemer für Sie beide“, fragte Greta. „Wir können sie nebenan in mein Bett legen, die Tür ist sowieso offen wegen Amelia. Meine Urenkelin, die übernachtet heute hier“, fügte sie stolz hinzu.
Zögernd stand Nadine auf und setzte sich dann wieder.
„Nein, ich halte sie lieber.“
Greta nickte verständnisvoll. „Soll ich für Sie telefonieren? Damit Sie beschützt werden? Die Polizei?“, fragte sie.
Nadine zuckte zusammen.
„Nein!“ Ihre Stimme klang hart und entschieden.
Na gut, dachte Greta, aber was jetzt?
Jetzt rekelte sich das Baby. Das Mündchen öffnete sich und begann seitlich nach einer Nahrungsquelle zu suchen. Nadine reagierte nicht, starrte nur aus dem Fenster.
„Ich glaube, die Kleine hat Hunger“, machte Greta sie aufmerksam und schüttelte innerlich den Kopf über die unerfahrene junge Mutter.
„Soll ich die Milch vorbereiten, während Sie Ihr Kindchen wickeln?“

Nadine blickte ein wenig hilflos auf das Baby, das jetzt wie ein junges Kätzchen maunzte.
„Oder sollen wir es umgekehrt machen? Sie gehen in die Küche und ich wickele die Kleine, ich hab da ja viel Erfahrung."
Nadine nickte zögernd. Dann übergab sie Andrea der alten Dame und holte aus ihrem Rucksack Windel, Fläschchen und Babynahrung.

So ein winziges Ding! Kein Wunder, dass Nadine sich nicht so richtig traute zu wickeln. Dabei waren Babys weniger zerbrechlich, als sie aussahen. Amelias Wickelmatte lag noch im Schlafzimmer auf dem Bett bereit. Vorsichtig zog Greta der Kleinen den Strampelanzug aus und öffnete die von Flüssigkeit schwere Windel.
Nadine stand mit dem Fläschchen schon an der Tür, als Greta mit leicht zitternden Händen das letzte Knöpfchen schloss.
Nur zögernd übergab die alte Dame das kleine Wesen.
„Setzen wir uns doch wieder ins Wohnzimmer", sagte sie.

Irgendwie brauchte sie jetzt einen Schluck Wein. Sie schenkte sich nach und nach einem Moment der Unschlüssigkeit auch Nadine, die inzwischen dem Baby die Flasche gab.
„Ein süßes Kind“, sagte Greta vorsichtig. „War es eine schwierige Geburt? Starke Schmerzen? Oder hatten Sie was dagegen – heute ist das ja nicht mehr so …“
Nadine biss sich auf die Unterlippe.
„Nein, das war alles kein Problem, aber ich möchte nicht darüber reden“, sagte sie.
Greta nickte verstehend.
„Sollen wir ein bisschen Radio hören?“, fragte sie mit einem Blick auf ihre Armbanduhr. Es war kurz vor zehn, gleich würden die Nachrichten kommen. Eigentlich mochte sie Nachrichten nicht, immer diese Schreckensmeldungen von Krieg, Katastrophen und Unfähigkeit der Politiker. Aber im Lokalradio war das anders – da erfuhr man alles, was so im Umkreis los war.

„Kein Radio“, sagte Nadine entschieden. „Und kein Fernseher.“
Greta nickte und stand auf.

„Ich ruf nur kurz meinen Enkel an, der hatte heute Prüfung und ich muss doch wissen, wie es gelaufen ist." Nadine kniff die Lippen zusammen.

„Kein Telefon", sagte sie und griff instinktiv hinter sich. Das Ende eines blauen Griffs ragte unter dem Sofakissen hervor. Greta kannte den blauen Griff gut. Solche Griffe hatten ihre Küchenmesser.

„Aber ein Glas Wein trinken Sie doch sicher noch", sagte Greta bewusst ruhig. „Ich weiß zwar nicht genau, wo diese Spätburgunder-Trauben gewachsen sind, aber ich stell mir gerne vor, sie kommen vom Altdorfer Sonnenberg. Da hatten wir mal einen Weinberg, mein Mann und ich, wissen Sie?"

Die Flasche war leer.

„Moment, ich hol noch eine", sagte Greta.

„Wo?" Nadine saß stocksteif auf dem Sofa, das Baby war in ihrem Arm eingeschlafen, das Fläschchen auf den Boden gerollt.

„In der Küche, im Kühlschrank. Rosé trinkt man ja kühl, so zehn bis zwölf Grad, wissen Sie?"

Nadine nickte und beugte sich leicht vor, um Gretas Weg in die Küche schräg gegenüber mit ihren Blicken zu folgen. Die Spannung in ihrer Haltung ließ erst nach, als Greta ihr wieder gegenübersaß und Wein nachschenkte.

„Das war eine Menge Arbeit mit dem Weinberg", erzählte sie mit einem kurzen Blick auf das schlafende Kind. „Das muss ja alles gepflegt und bearbeitet werden. Aber das meiste hat mein Mann gemacht und später auch meine beiden Söhne. Nur am ersten Oktobersamstag, da sind wir immer alle zum Herbsten. Haben Sie schon mal geherbstet?"
Nadine schüttelte den Kopf.
„Nehmen Sie doch noch einen Schluck", forderte Greta sie auf. „Schmecken Sie, wie fein fruchtig der Wein ist?"
Gehorsam trank Nadine einen Schluck und nickte.
„Und schauen Sie die Farbe an." Greta rückte ihren Stuhl ein wenig zur Seite und hob ihr Glas, in dessen Kristallschliff der Wein funkelte.
Nadine schaute wie gebannt darauf und nickte langsam. Gretas Hände zitterten leicht, das Glas wackelte ein wenig und die rosa Reflexe tanzten an den Wänden. Dann stellte Greta das Glas zurück auf den Tisch. Von ihrer neuen Position aus konnte sie eindeutig erkennen, dass der blaue Griff hinter dem Sofakissen zu ihrem großen Fleischmesser gehörte. Sie atmete tief durch.
„Wir hatten Spätburgunder-Trauben", erzählte sie weiter. Und einen Teil haben wir nicht an die Winzergenossenschaft weitergegeben, sondern unseren

eigenen Wein gemacht. Manchmal Rotwein, aber meistens Rosé. Die Farbe hängt nämlich davon ab, wann der Wein gekeltert wird, das kann man selbst bestimmen. Probieren Sie doch noch mal und stellen sich dazu einen feinen Weihnachtsbraten vor ...“
Nadine nahm einen Schluck.
„Oder einen etwas kräftigeren Käse ...“
Wieder trank die junge Frau.
„Oder ein Vanillekipferl ...“
Nadine nahm sich ein Vanillekipferl und trank einen weiteren Schluck.
„Sollen wir das Baby nicht nebenan ins Bett legen?“, versuchte Greta es noch einmal. „Das wäre doch viel bequemer für das Kleine.“
Und viel ungefährlicher, dachte sie. Vielleicht konnte sie Amelia und das Baby im Schlafzimmer sicher einschließen?
Nadine schüttelte vehement den Kopf.
„Ich gebe mein Kind nicht her!“, bekräftigte sie und hielt das Baby noch ein bisschen fester.
„Wenn wir geherbstet haben“, fuhr Greta fort, „war das immer ein richtiges Fest. Die Kinder brachten ihre Freunde mit und die kleinsten durften auf dem Anhänger vom Bulldog mitfahren. War ja nicht so weit vom Dorf unten bis zum Sonnenberg.“

Wieder schenkte sie Nadine das Glas voll.
„Dann teilte mein Mann die Reihen ein und jeder bekam eine Rebschere. Fast immer hatten wir strahlendes Wetter, schmecken Sie doch mal – die Weine aus dieser Gegend haben die Sonne förmlich aufgesogen."
Nadine trank und nickte.
„Gegen Mittag waren wir meistens fertig, ich bin dann etwas früher zurück nach Hause und hab die Wienerle ins Wasser geworfen. Wienerle und Kartoffelsalat – was meinen Sie, wie das geschmeckt hat, wenn alle so richtig geschafft hatten. Prost!"
Greta hob ihr Glas und stieß mit Nadine an, dann nahm sie einen winzigen Schluck, um ihre Kehle zum Weitersprechen anzufeuchten.
„Natürlich haben wir auch Wein getrunken, den vom Vorjahr hatten wir ja im Keller im Fass, da musste man nur mit dem Krug runtergehen."
Nadine lächelte mit trübem Blick.
„Ich hab auch gern die Trauben gegessen, obwohl die ziemlich viele Kerne und harte Schalen haben. Aber der Geschmack … Kein Wunder, dass dies so ein wunderbarer Wein ist. Spät-bur-gun-der Weiß-herbst, allein der Name ist ein Gedicht."
Sie prostete Nadine zu. Puh, langsam stieg ihr das göttliche Gesöff doch zu Kopf. Aber das war nichts

gegen Nadine, die ihr Glas leerte und die Augen verdrehte. Ihr Kopf rollte nach hinten und aus ihrem Mund entwich ein plötzlicher Schnarchton.
Leise stand Greta auf, blies die Kerzen aus und ging hinüber zum Sofa. Vorsichtig zog sie am blauen Messergriff. Ja, das war das Fleischmesser. Frisch geschliffen, extra scharf. Leise ließ sie es zwischen den Tischdeckchen in der Schublade der Anrichte neben dem Sofa verschwinden. Dann löste sie das Baby aus den Armen ihres laut schnarchenden Besuchs und trug es vorsichtig hinüber ins Schlafzimmer. Sie legte es auf ihr Bett, warf einen schnellen Blick auf Amelia-Henriette und schloss dann von innen die Zimmertür doppelt zu. Sie setzte sich neben das Baby aufs Bett und nahm ihr Handy vom Nachttisch. Neumodisches Zeug, sicher, aber sehr praktisch. Endlich konnte sie ihren Enkel anrufen. Kurzwahl 3, gut, dass sie nicht mehr eintippen musste, ihre Hände zitterten.
„Timo, wie war deine Prüfung heute?"
„Oma, du bist noch auf?"
„Sag – wie war es, bist du jetzt richtig bei der Polizei?"
„Ja, Oma, hat alles bestens geklappt."
„Okay, dann schnapp dir den Schlüssel zu meiner Wohnung und informier deine Kollegen. Ich habe hier einen Fall für dich – eine Kindesentführerin."

„Oma, hast du Wein getrunken und einen Krimi geschaut?“
„Frag nach – das Baby heißt Andrea und ist höchstens eine Woche alt.“
„Geht’s dir gut?“
Greta nickte, obwohl Timo sie nicht sehen konnte.
„Ich hab mich mit den Kindern im Schlafzimmer eingeschlossen. Aber ich weiß nicht, wie lange Nadine schläft.“
„Welche Kinder? Und wer ist Nadine? Oma!“
„Mach einfach!“
Sie drückte den Aus-Knopf und sah auf die Uhr. Zehn Minuten, länger würde Timo nicht brauchen.
Schon nach achteinhalb Minuten klapperte Timos Schlüsselbund. Greta hörte schwere Schritte mehrerer Leute, dann einen überraschten Ausruf.
„Oma!“, Timo klopfte an die Schlafzimmertür. „Alles okay bei dir?“
Mit immer noch zitternden Fingern schloss Greta die Tür auf.
„Ach Timo, wie gut, dass ihr da seid!“
Timo führte sie ins inzwischen leere Wohnzimmer zu ihrem Lieblingsstuhl und betrachtete die beiden leeren und die angefangene Flasche Ettenheimer Spätburgunder Weißherbst neben den heruntergebrannten

Adventskranzkerzen. Er pfiff durch die Zähne.
„Kleines Gelage?"
Greta nickte verlegen.
„Ach Oma", sagte Timo und umarmte sie. „Du hattest völlig recht. Heute am Spätnachmittag wurde im Klinikum ein Baby von der Entbindungsstation entführt, Andrea d'Angelo – keiner wusste genau, wie und wer. Aber diese Nadine hat vor einem halben Jahr schon einmal versucht, ein Kind zu entführen und dabei mehrere Leute mit einem Messer verletzt. Hast du ein Glück gehabt!"
Greta schüttelte den Kopf.
„Vor allem hatte ich Wein! Und viele alte Geschichten. So eine harmlose alte Frau wie ich ..."
Timo lachte.
„Harmlos – Oma, du?"
Ein älterer Polizist kam zurück ins Wohnzimmer.
„Huber. Ich müsste noch eine Aussage aufnehmen", stellte er sich vor. „Können wir morgen in Ruhe machen, aber eine Frage hab ich noch."
Greta nickte.
„Wie sind Sie darauf gekommen, dass es sich um eine Kindesentführung handelt? Hat die Täterin Sie bedroht?"
„Nein, sie war eigentlich ganz nett", antwortete Greta.

„Aber es passten ein paar Dinge nicht zusammen. Frischgebackene Mütter tauchen nicht plötzlich bei fast fremden alten Leuten auf, sie reden gerne über ihre Geburtserfahrungen und vor allem kennen sie ihr Kind. Sie sprach immer von ihrer Tochter Andrea und Andrea war auch auf das Käppchen gestickt."
Sie machte eine effektvolle Pause.
„Und?"
„Aber als ich das Kindchen gewickelt hab, war da ..."
Sie zögerte.
„Was?"
„Kennen Sie Andrea Bocelli? Den Sänger?"
Huber sah Timo an – redete seine Großmutter jetzt irre?
Timo grinste, er konnte Gretas Gedankengang folgen.
„Du meinst – die Tochter war ein Sohn?"
Greta nickte. „Einwandfrei! Im Italienischen ist Andrea ein Jungenname, aber die eigene Mutter müsste ja wissen, ob sie einen Jungen oder ein Mädchen hat!"
Einen Moment lang überlegte Greta, ob sie noch von dem Fleischmesser mit dem blauen Griff erzählen sollte, aber Nadine hatte so schon genug Probleme. Sie schob die Gebäckschüssel in Richtung der Männer und griff nach der Flasche.
„Herr Huber, Timo, ein Gläschen Weißherbst?"

Judith Merchant

Halleluja, Opa!

Der Opa ist jetzt 86. Eigentlich warte ich schon seit Jahren darauf, dass dem das Licht ausgeht. Das wäre ja nur natürlich. Ich ruf ihn jede Woche an und frage: „Und, Opa, wie geht's?" Und er sagt jedes Mal: „Gut! Ich hab so meinen Spaß." Und es klingt, als ob er das ehrlich meint, dabei kann dem das Leben eigentlich nicht mehr viel Spaß machen. Die Oma ist jetzt schon seit einem Jahr im Himmel, da fragt man sich doch, was der Opa hier noch soll. Fänd ich ganz normal, wenn der zu ihr will, dann wär sie auch nicht so alleine da oben. Ich kann mir das so richtig schön vorstellen – die beiden auf einer Wolke, und alle Engelein singen „Halleluja!".

Außerdem kommt der Opa ohne die Oma eh schlecht zurecht, deswegen ist er jetzt ja auch im Heim. Ich besuch den da nicht. Ich ruf nur noch an. Ich finde Altenheime nämlich total deprimierend. Jeder weiß, dass da den ganzen Tag WDR 4 läuft. Und dann die ganzen alten Leute!

Das alles tut mir schon leid für den Opa. Wir beide haben eigentlich ein gutes Verhältnis. Das haben wir immer schon gehabt. Der Opa meint, dass ich ganz auf ihn komme. Und er macht sich Sorgen. Jede Woche sagt er zum Schluss unseres Telefonats: „Junge, nimm dein Leben endlich selbst in die Hand!" Und dass ihn das echt glücklich machen würde, wenn ich es zu was bringen würde, immerhin bin ich sein einziger lebender Verwandter. Er hat nur noch mich. Darum mag der Opa mich so gern.

Ich mag den Opa auch. Darum will ich es auch zu was bringen. Darum mach ich das jetzt. Ich bring jetzt den Opa um.

Der Opa sagt immer, man muss heutzutage flexibel sein. Aber flexibel sein hin oder her: Wer es zu was bringen will, braucht Geld. Opa hat das Geld. Ich bin sein Erbe. Und im Grunde helf ich dem ja. Und der Oma auch. So einfach ist das.

Heute besuche ich den Opa das erste Mal. Vorher war ich bei der Almut, das ist eine alte Freundin von mir, die es zu was gebracht hat. Pharmazie hat sie studiert. Und sie hatte eine Lösung für mich.

„Drei Tropfen davon, und das war's", hat die versprochen, als sie mir das Fläschchen überreichte. „Ganz schmerzlos. Ein schöner Tod! Und es riecht auch noch

richtig weihnachtlich!“
„Weihnachtlich?“
„Na ja, nach Mandel. Bittermandel“, hat sie geantwortet. „Blausäure eben. Ein Schlückchen davon in seine Tasse, und die Kohle gehört dir.“

***

Die Sache mit dem Geruch hat mich auch drauf gebracht, die Sache an Weihnachten durchzuziehen. Wir haben den vierten Advent, da ist es ja nur logisch, wenn ich mich endlich mal blicken lasse im Heim. Ich hab mir das genau überlegt: Ich lade den Opa richtig schön ein. In die Waldau. Da waren wir früher immer spazieren und Tiere gucken. Und da hat der Opa mit der Oma goldene Hochzeit gefeiert. Toll war das da. Und jetzt mach ich es dem Opa auch richtig schön. Der Opa liebt Wild. Also werden wir Wildschweinbraten essen. Und Rotwein bestellen wir zur Feier des Tages, wir lassen's richtig krachen! Das macht die Sache auch einfacher – der Arzt hat dem Opa nämlich dunkles Fleisch, Alkohol und so ziemlich alles verboten, was Spaß macht. Und wenn der Opa nach dem Essen tot umfällt, werden alle sagen, das Wildschwein war schuld. Und vielleicht sagen sie auch, dass das ein schöner Tod war, und dabei denken sie an den netten Enkel, der den lieben Opa von seinem mickrigen Angestelltengehalt in die Waldau eingeladen hat zum feinen Wildschweinessen! Weil Weihnachten ist! So ein lieber Enkel! Mensch, bei dem Gedanken krieg ich echt Pipi in die Augen.

Ist eigentlich schon schade um den Opa. Aber ich muss ja an meine Zukunft denken, wie er sagt, und mein Leben selbst in die Hand nehmen. Und außerdem ist die Oma im Himmel dann zu Weihnachten nicht so alleine.

Ein bisschen nervös bin ich schon, als ich aus dem Bus steige. Ich hasse Altenheime. Hab ich das schon gesagt? Ich taste in meiner Jackentasche nach dem Fläschchen.

Alles da, wo es sein soll.

Tief Luft holen, und los geht's! Ich brauch ja gar kein schlechtes Gewissen zu haben. Hab ich auch nicht. Ich bin hier, um mit meinem lieben Opa fein essen zu gehen. Und dann schick ich ihn in den Himmel zur Oma. Ganz flexibel.

Die Tür geht auf, ich geh rein. Und da renne ich erst mal fast in einen riesigen Tannenbaum. Der Eingangsbereich ist total geschmückt, überall Girlanden und dazu Nikoläuse aus Tonpapier an jeder Tür. Und es läuft kein WDR 4, sondern „O du fröhliche". Ich staune. Der Opa kriegt echt was für das Geld, das er hier jeden Monat reinbuttert. Geld aus meinem Erbe, streng genommen, aber ich will da nicht knickrig sein, ist ja okay, wenn die es dem Opa nett machen zu seinem letzten Weihnachtsfest. Mensch, ich krieg schon wieder feuchte Augen!

Ich kram den Zettel raus, wo ich aufgeschrieben hab, wo ich den Opa finde. Es ist ein großes Heim.

„Kann ich Ihnen helfen?", sagt eine Stimme hinter mir, als ich auf der Station angekommen bin. Ich dreh mich um, und da steht sie vor mir, ein Engel im weißen Pflegerinnenkittel, richtige Rauschgoldlöckchen und ein süßes Lachen. „Ich will zu meinem Opa", sage ich, „Zimmer 314."

Ich taste in meiner Jackentasche nach dem Fläschchen. Alles da, wo es sein soll.

„Ach, dann sind Sie der Frank?“, fragt sie. „Da wird er sich freuen, der erzählt immer von Ihnen. Kommen Sie mal mit.“ Auf ihrem adretten Kittel hat sie ein Schildchen. Karin. Ein schöner Name.
Sie ist total nett. Und total hübsch. Und ich würde sie total gern einladen, wenn ich die Kohle vom Opa habe. Aber vielleicht dann nicht in die Waldau.
„Ist was?“, fragt sie.
„Nichts, nichts“, sage ich und folge ihr stumm.
Opa sitzt mit anderen Opas um einen Tisch und spielt Karten.
„Gucken Sie mal, wer da ist!“, ruft die Karin. In ihrer Stimme klingeln lauter Glöckchen. Sie lacht, und ich sehe, dass sie sogar Grübchen hat.
„Junge! Nee, dass du mich echt mal besuchen kommst!“, ruft der Opa und versucht aufzustehen.
„Bleib sitzen, Opa“, sage ich und küsse ihn auf die kratzige Wange.
Ich taste in meiner Jackentasche nach dem Fläschchen. Alles da, wo es sein soll.
„Ich wollte dich abholen“, sage ich. „Damit wir ein bisschen Weihnachten feiern können. In der Waldau.“
Der Opa guckt überrascht. „In der Waldau?“
„Zum Wildschweinessen.“ Ich sehe, wie die anderen Opas lange Hälse kriegen.

„So ein netter Enkel!“, sagt der Kahlkopf mit der braunen Strickjacke neben mir und wackelt mit dem Kopf.
„Ja, da staunst du, Berthold“, grunzt der Opa. „Gehabt ist gehabt!“
Ich fühle mich geschmeichelt. „Ich hab gedacht, wir machen uns einen schönen Tag. Vorher können wir ja spazieren gehen und uns die Tiere angucken, so wie früher“, setze ich hinzu.
„Och, Mensch“, sagt der Opa und macht eine Dackelstirn. „Ich hab gar keine Zeit heute, es ist Badetag. Das will man ja nicht verpassen.“
„Opa!“, sag ich. „Waldau, da warst du doch immer so gern! Wir essen lecker. Und trinken auch was!“ Den letzten Satz hab ich geflüstert, denn der Opa darf ja nicht trinken, das weiß die Karin bestimmt. Sie steht immer noch hinter uns, ich kann sie sogar riechen. Sie riecht total gut.
„Tut mir echt leid, Junge“, sagt der Opa und guckt tatsächlich bedauernd. „Aber Baden geht vor. Das ist wichtig in meinem Alter.“ Er beugt sich vor und raunt: „Heute hat die Karin Dienst!“ Er zwinkert.
Ich denke an den Opa, wie er im Schaumbad sitzt, während die Karin seinen Rücken schrubbt, und kann ihn plötzlich sehr gut verstehen. Und ich hab noch nicht mal eine Badewanne! Es wird höchste Zeit, dass

ich mein Leben selbst in die Hand nehme! Jetzt heißt es flexibel sein. Ich taste in meiner Jackentasche nach dem Fläschchen. Alles da, wo es sein soll.
„Aber weißte was, Junge“, sagt der Opa und wirft einen Blick auf die Wanduhr. „Eine halbe Stunde könnte ich wohl einrichten. Lass uns wenigstens einen Kaffee trinken.“
„Kaffee?“ Ich seh mich um.
„Aber doch nicht hier zwischen den ganzen alten Leuten!“, ruft der Opa und stößt mich in die Seite. „Komm, bring mich in mein Zimmer!“
„Tschü-hüß!“, ruft der Berthold uns hinterher und kichert komisch.
Das Zimmer vom Opa ist schön. So groß wie mein WG-Zimmer, aber mit einem Elektrobett und einem großen hellen Fenster. Und einem Knopf. Auf den drückt der Opa, und umgehend erscheint die Karin in der Tür. Sie lacht, und ihre prächtigen Grübchen lachen mit.
„Zwei Kaffee für meinen Enkel und mich! Einmal mit Milch, einmal ohne!“, ruft der Opa. „Aber flotti karotti!“
Die Karin nickt. „Kommt sofort!“
Ich staune. „Das ist ja wie im Hotel hier, Opa!“
„Man lebt nur einmal“, sagt der Opa und lässt sich

ächzend auf sein Elektrobett sinken. „Und bei dir? Immer noch bei Obi? Mensch, Junge, es wird Zeit, dass du dein Leben endlich selbst in die Hand nimmst."

„Das tu ich", sage ich und taste in meiner Jackentasche nach dem Fläschchen. Und erstarre. Es ist nicht mehr da!

In diesem Moment geht die Tür auf, und die Karin kommt mitsamt ihren hinreißenden Grübchen und zwei Kaffeetassen rein. „Zweimal Kaffee, die Herren!", flötet sie und stellt die Tassen vor uns hin. Ich vergesse das Fläschchen sofort und strahle sie an.

Opa linst misstrauisch in die Tassen. „Und die Milch?", fragt er.

„Ach! Die habe ich ganz vergessen!"

„Mein Enkel trinkt nur mit Milch. Dann musst du wohl noch mal los", sagt der Opa.

„Aber nicht doch ...", sage ich zaghaft, doch die Karin ist schon wieder hinausgeflattert.

„Die hast du aber im Griff, Opa", sage ich und kann die Bewunderung in meiner Stimme nicht unterdrücken.

Opa nickt. „Trotzdem muss man alles kontrollieren", brummt er. „Ach, ich wollte sowieso noch mit dir reden, Junge. Eine ernste Angelegenheit. Aber viel-

leicht besprechen wir das lieber in der Waldau. Morgen Mittag hätt ich Zeit für dich."
Da geht die Tür auf, und die Karin kommt wieder rein. Ohne Milch. Und ohne Grübchen.
„Na was denn?", ruft der Opa unwirsch.
Die Karin ist ganz bleich. „Der Berthold Gruber ...", flüstert sie.
Das muss der gewesen sein, der eben neben mir saß. Da fällt mir mein Fläschchen ein, und ich werde auch bleich.
„Der ist tot!", flüstert die Karin mit zitternder Stimme. „Ganz plötzlich umgefallen. Von einer Sekunde auf die andere!"
„Ach was", brummt der Opa.
Die Karin schluckt. „Der hat wohl die falschen Medikamente dabeigehabt. Wie konnte das nur passieren?"
„Ja ... wie nur?", stammele ich.
„Mach du dir keinen Kopf, Junge, alte Leute sterben nun mal", sagt der Opa, und dann herrscht er die Karin an: „Musst du den Frank so erschrecken?"
Die Karin sieht mich an und setzt ein besorgtes Gesicht auf. „Es war aber ein schöner Tod", versichert sie.
„Der Berthold hat es verdient", murmelt der Opa. „Der hat mir immer meine Pullen gemopst, als ich

noch welche hatte. Und danach meine Stofftaschentücher. Der alte Gauner hat geklaut wie ein Rabe!"
Ich muss wahnsinnig flexibel sein, jetzt, wo mein schönes Gift weg ist. Ich weiß ja nicht, ob Sie schon mal in der Waldau waren. Das ist oben auf dem Venusberg, wo die Kliniken sind. Wie der Name schon sagt – eine Menge Wald ist da und ein Ausflugslokal und ein Kinderspielplatz und vor allem diese Tiergehege. Rehe und Hirsche, Rehböcke und Hirschkühe – den Unterschied hat mir der Opa beigebracht, als ich noch kleiner war und wir heimlich Kastanien nach den Tieren geworfen haben, obwohl da überall „Nicht füttern!" stand.
Ja, und die Wildschweine. Die gibt es nicht nur auf dem Teller, sondern auch im Gehege. Wildschweine sind ja bekanntermaßen Allesfresser. Wie Schweine, nur wilder. Und stärker. Was man denen ins Gehege wirft, das machen die platt. Da bleibt nichts von übrig. Und wenn so ein alter Opa, der nicht mehr gut zu Fuß ist, verbotenerweise Kastanien ins Gehege wirft und dabei fällt, ist das vielleicht nicht der schönste Tod, aber es ist immerhin ein Unfall.
Schlau, oder?
Darum überrede ich den Opa am nächsten Tag vor dem Essen zu einem Spaziergang. Wobei, spazieren

kann man das nicht nennen, wie der Opa mit seinem Stock durch den Wald schlurft. Am Spielplatz vorbei schafft er gerade noch. Dann bleibt der Opa stehen.
„Es gibt da noch was, das muss ich mit dir besprechen, Junge“, sagt er. „Was Ernstes.“
„Mit dem Tod vom Berthold hab ich nichts zu tun!“, rufe ich hastig.
Für einen Moment sieht der Opa verwirrt aus. „Es geht gar nicht um den Berthold“, sagt er dann und hüstelt ein bisschen. „Es geht um die Karin.“
Bei dem Gedanken an die Karin muss ich einfach lächeln.
„Die ist nett“, sage ich.
„Das stimmt wohl“, sagt der Opa gedehnt.
„Obwohl du sie so rumkommandiert hast“, füge ich etwas vorwurfsvoll hinzu.
Der Opa nickt zufrieden. „Genau. Die lässt sich ganz gern rumkommandieren. Ums kurz zu machen: Wir wollen heiraten.“
In dem Moment muss ein Wildschwein geröhrt, gekalbt oder sonst wie gebrüllt haben, auf jeden Fall hab ich mich verhört. Ich hab nämlich verstanden, dass der Opa heiraten will.
„Noch mal, bitte, ich hab dich nicht verstanden.“
„Heiraten“, sagt der Opa knapp. „Ich und Karin.“

Ich schlucke. Und dann schlucke ich noch mal. Und gleich noch einmal.

„Tja, das hast du mir altem Knacker nicht zugetraut, was?“, meint der Opa und sieht sehr zufrieden aus. Er nimmt seinen Stock und humpelt weiter in Richtung Wildschweine.

„Aber das kannst du doch nicht machen! Denkst du denn gar nicht an die Oma?“, frage ich und muss fast weinen.

„Die Oma ist jetzt im Himmel, Frank!“, sagt der Opa. „Und so ganz allein, das ist nichts für einen Mann wie mich. Ich hab doch lieber ’ne Frau um mich.“

Ich denke an die arme Oma allein im Himmel, die den Opa auch lieber um sich hätte, aber ich merke schon, dass der Opa daran keinen Gedanken verschwendet.

„Opa, denk doch mal nach“, sage ich. „Du bist sechsundachtzig! Du kannst nicht mehr heiraten! Du kannst es jederzeit hinter dir haben!“

„Eben“, sagt der Opa und nickt zufrieden. „Das ist doch der beste Grund. Wie schön, dass ich die Karin noch kennengelernt habe, oder?“

Inzwischen sind wir bei den Wildschweinen angekommen. „Gar keine Kastanien dabei“, grummelt der Opa, dann nimmt er seinen Stock und stochert im Gehege herum.

Die Wildschweine nähern sich neugierig.
„Aber denk doch mal nach, Opa. Was soll die Karin denn mit einem alten Kerl wie dir? Die will doch nur dein Geld“, sage ich.
„Nein, nein, die liebt mich“, sagt der Opa. „Man muss eben flexibel sein, und das ist die Karin. Und ich auch. Ich bin total flexibel!“

„Aber doch nicht mehr in deinem Alter, Opa!“ Ich guck ihn an, und er grinst, und da fällt mir was ein. Ich setze nach: „Du machst doch Witze! Wenn ihr verlobt wärt, dann hätte dich die Karin doch nicht die ganze Zeit gesiezt!“

Der Opa sieht mich abschätzig an. „Denk doch mal nach, Junge! Wenn die von der Pflegedienstleitung das mitbekommen, dann hat die Karin ruck, zuck eine Anzeige wegen sexuellem Missbrauch von Schutzbefohlenen an der Hacke! Und in den Knast soll sie nicht, wenn ich schon heirate, dann will ich auch was davon haben.“

Ich versuche es jetzt andersherum. „Die Karin ist ja noch jung – du kannst die doch nicht heiraten und dann sofort zur Witwe machen!“

„Hatte ich so auch nicht vor“, sagt der Opa würdevoll. „Aber wenn es so kommt, dann hab ich's noch mal richtig schön gehabt, und die Karin ist reicher als vorher.“

Erst in dem Moment begreife ich, worum es hier geht. Dass die Karin dann alles erbt.

Ich muss das wohl laut gesagt haben, denn der Opa korrigiert mich: „Nicht alles, Frank, deinen Pflichtteil bekommst du natürlich. Aber den brauchst du nicht. Ich kenne dich. Du wirst es ganz allein noch zu was bringen, da bin ich mir ganz sicher! Schließlich kommst du auf mich."

In dem Moment sehe ich das Wildschwein, es ist ein prächtiger starker Keiler, er schnüffelt an Opas Stock. Jetzt heißt es flexibel sein! Ich nehme meine ganze Kraft zusammen und werfe mich gegen den Opa. Nur leider bleibe ich an seinem Stock hängen.

„Frank, nein!", ruft der Opa, und da erst merke ich, dass ich im Gehege liege. Und dann kommt auch schon das Wildschwein.

Und das ist wilder als ein Schwein. Und stärker. Und ein Allesfresser.

***

Ich wache erst im Krankenhaus wieder auf. Ich liege in einem Elektrobett unter einer weißen Decke in einem weiß gestrichenen Raum. Mir gegenüber an der Wand hängt ein Nikolaus aus Tonpapier. Es sieht aus wie im Altenheim. Im Radio läuft WDR 4.

Jemand hält meine Hand. Das ist der Opa.

„Frank, Mensch!", sagt er. „Du machst Sachen! Ich bin so froh, dass das noch mal gut gegangen ist."

„Ich auch", flüstere ich.

„Der Keiler hat dich ganz schön zugerichtet", sagt der Opa.

Ich gucke an mir runter. Ich bin so weiß wie meine Umgebung, alles voller Gips und Mull.
„Die schlechte Nachricht ist, du brauchst jetzt auch einen Stock. Na, du kommst eben ganz auf mich“, sagt der Opa.
„Und die gute?“, frage ich schwach.
Der Opa lacht keckernd. Da geht die Tür auf, und die Karin kommt rein. „Die gute ist – du kannst uns gratulieren! Darf ich dir deine Stiefoma vorstellen?“
Die Karin zeigt ihre Grübchen, und dann wackelt sie mit dem Klunker an ihrer rechten Hand.
„Na, herzlichen Glückwunsch“, erwidere ich und schließe die Augen. „Nicht einschlafen“, sagt der Opa und stampft mit dem Stock auf den Boden. „Du musst essen und trinken, damit du zu Kräften kommst! Dann kommst du

bis Heiligabend hier raus. Die Karin wird uns dann beide pflegen."
Ich öffne sofort die Augen wieder. „Echt?"
Die Karin lächelt ganz lieb und zeigt ihre Grübchen.
„Ist doch selbstverständlich, Frank!", sagt der Opa. „Wir sind doch eine Familie!"
Die Karin nickt und legt ihm kurz den Arm um die Schulter. Dann setzt sie sich auf den Bettrand neben mich und reicht mir mit ihrer zarten Hand eine Schnabeltasse, und ich nehme einen Schluck. Dann noch einen. Schmeckt gut. Nach Weihnachten. Mit Mandelaroma oder so.
Ich reiße die Augen auf.
„Wa ..."
Die Karin lächelt mich an. „Hab ich gefunden", flüstert sie ganz leise, sodass der Opa es nicht hört. „Neben dem armen Berthold. Du glaubst doch nicht im Ernst, dass ich dir freiwillig deinen Pflichtteil lasse, oder?"

***

Ich höre eine Stimme aus weiter Ferne.
Und dazu höre ich noch etwas. Ein helles Klingeln. Wie von –
„Ist das schön, Junge, dass du mich mal besuchen kommst!"

Ich mache die Augen auf, alles ist blau um mich herum, und da steht die Oma vor mir. Sie klopft neben sich auf die Wolke und sagt: „Komm, setz dich zu mir! Nein, ist das schön, dass ich Weihnachten nicht alleine bin!“

Hinter ihr sehe ich lauter Engelein. Sie schütteln kleine Glöckchen und rufen „Halleluja!“.

Bei uns gibt es zum
weihnachtlichen Festessen
wieder das Gleiche
wie im vergangenen Jahr…
Verwandtschaft.

Mark Twain

Nina George

Unheiliger Abend

Cuxhaven

Natürlich haben wir Evchen vorgeschickt, die lügt am besten von uns dreien. Das kann daran liegen, dass sie immer die Hälfte vergisst mit ihrem löchrigen Schwamm-Dingsda im Kopf. Sie also sechs Wochen vor Weihnachten schön ihren Mottenfiffi-Mantel gestriegelt, beim Friseur im Lotsenviertel die hellblaue Welle gelegt und ganz auf feine Dame ins Cuxhavener Rathaus rein. Keine zwanzig Minuten später kommt sie mit dem Gewerbeschein wieder raus, und wir erst mal zur *Alten Liebe* ins Eiscafé, schön 'ne Tasse Cappuccino mit echter Sahne und Zimtstreuseln trinken, dazu Stachelbeerbaiser, zur Feier des Tages. Dass wir drei rostigen Gabeln noch mal einen eigenen Laden aufmachen! In unserem Alter! Wir haben noch gut zu tun bis Weihnachten, schließlich wollen wir noch das Geschenkegeschäft mitnehmen.

Erst mal aber teilen wir uns ein Piccolöchen und stoßen auf Anitas letzten Mann an, den Reinhold, der ihr nichts außer seiner Sammlung von Reiseprospekten und dem Aboschein bei Lotto Niedersachsen hinterlassen hat. Neulich kamen dabei einfach mal so 263.000 Euro raus. Doch, doch – die Anita hat ein Händchen für Investitionen.

***

„Wie nennen wir denn nun unser Dingsda?“, fragt Evchen mit ihrer 71-jährigen Klein-Mädchen-hinterm-Deich-Stimme.
„Es gibt keine Dingsdas“, würde dazu erst mal unsere Sprachtrainerin sagen, das etwas mollige Fräulein Cora aus Altenwalde. Die hat zwar keinen Mann, aber dafür einen Vogel, dem sie das Vortragen von Gedichten beigebracht hat. Preise hat die Cora damit schon gewonnen, aber in letzter Zeit kommen nur schlüpfrige Limericks aus seinem Schnabel. Die sagt immer zu uns: „Wenn Ihnen das Wort nicht einfällt, Frau Henrietta und Frau Eva, dann müssen Sie es umschreiben. Um-schrei-ben!“
Wir können die dicke Cora, diese Dementologin, nicht leiden, diese arrogante, blöde… Na, wie heißt das Vieh? Vier Beine, lila, gibt Milch? Egal. Um-schrei-ben. ‚Sexshop‘, sagt Anita mit ihrer Ex-Raucherinnen-Stimme, ‚Sexshop für Seniorinnen‘.

„Ich mag das Wort Seniorin nicht“, piepst Evchen. „Hört sich nach … Dings an … trocken, riecht nicht gut, bröselt?“
„Tod?“, frage ich.
„Nein, Hettie. Löschpapier mein ich.“
Wir rollen ein paar Namen für unsere Intimboutique hin und her, teilen uns das zweite Piccolöchen und draußen rieselt leise der Schnee. Anita hat ein Auge auf einen gut erhaltenen Endsiebziger mit Kirschkringel am Fenster zur Nordsee und zum Parkplatz geworfen. Sie kann's ja nicht lassen, aber einer ehemaligen Kreuzfahrtschiff-Tanzlehrerin das Flirten abzugewöhnen ist genauso unmöglich, wie einem Hund das Schwanzwedeln zu untersagen. Außerdem sind in Cuxhaven – jeder Vierte über 65, unzählige Altersheime und die meisten Senioren-WGs in Niedersachsen – Männer Mangelware. Zumindest solche, die keine Pflegestufe II beantragt haben und sich zudem daran erinnern können, was sie noch alles mit ihrem Dingsda anfangen können, außer ihn in die Bettflasche zu prökeln.
Cuxhaven ist eine Stadt der Frauen. Der alten, bürgerlichen, erotisch unterforderten Witwen. Solche wie wir – bis auf das reich und das bürgerlich. Jeden Tag stirbt uns ein Cuxhavener weg. Nach Weihnachten

sogar ein bisschen mehr, wegen dem fettigen Essen und dem Stress mit den Enkeln und so.
‚Sixtynine, komm herein', kräht Evchen als Vorschlag für unseren Laden. Sie verträgt seit 1967 wirklich keinen Sekt.
„Es muss eindeutig sein, aber diskret", mahne ich. Es gibt strenge Auflagen für Gewerbe in Cuxhavens Hafenmeile, der neuen „In"-Flanierzone. Vor den jungen Leuten vom Amt hat Evchen unseren Sexshop als „Sanitätshaus für Damen" umschrieben. Hilfsmittel und Hygieneartikel für Rentnerinnen mit Stil. Wenn die wüssten …
„Wie wär's mit ‚Pippi Stützstrumpf'?" Evchen hickst sehr vornehm.
Aber diese halbwüchsigen Mittfünfziger vom Amt können sich wahrscheinlich nicht mal vorstellen, dass Leute wie wir noch Gefühle haben! Es ist wie mit sechzehn, nur halt wie bei einem Oldtimer. Klassiker brauchen abgestimmte Pflege, damit's noch läuft.
‚Gerontosaurus Sex'!
Anita kreischt. Dem Kirschkringel am Nebentisch fliegt fast das Hörgerät weg. Ja, ja, süßer die Gebisse nie klingeln.
Also, die Pflege. Ich rede jetzt nicht von betreutem Beiwohnen.

Sondern von Zubehör, sensibilisiert auf die Eigenheiten eines gelebten Körpers. Wenn Sie über 60 sind, wissen Sie, was ich meine. Rücken. Knie. Löschpapier. Wenn Sie unter 60 sind: Genießen Sie es, das bleibt nicht so!
Wir einigen uns schließlich auf „Für Sie – nur das Beste".
Die offizielle Eröffnung von „Für Sie" ist für den 8. Dezember geplant. Wie nett, am „Internationalen Krimitag". Und auch, dass Frauen es zwar auf sechzehn Stunden Orgasmus und sechs Wochen Vorspiel im Leben bringen – aber auf neun Jahre Putzen, Kochen und in der Handtasche nach was suchen. Anita findet das einen frauenrechtlichen Skandal, Evchen findet das logisch.
„Wenn ich das Bügeleisen heiß hab, die Weihnachtsgans auf dem Herd und das Handy bimmelt irgendwo im Beutel, kann ich doch nicht auch noch gleichzeitig ... Dingsda machen. Wie heißt das? Rubbelbildchen.

Achterbahn. Jackpot. Klingeling. Aber jetzt ohne Albert habe ich eh mehr Zeit dafür!“ Sie wird ganz paradiesapfelfarben im Gesicht, und ihre Augen leuchten wie diese blinkenden Weihnachtsdekorationen, mit denen sie die Fußgängerzone zuhängen. Und bald ist auch noch Glühwein-Expo, der Weihnachtsmarkt. Da ist gar kein Durchkommen mit dem Rollator mehr. Wie auch immer: Evchen ist bei unserer „Für Sie“ für die technische Abteilung zuständig, schließlich war ihr Albert ja Elektromeister. Sie stellt zurzeit das maschinelle Sortiment zusammen und wirkt auch irgendwie durchbluteter.

Anita betreut die Textilien und „sonstigen Hilfsmittel“, schließlich ist sie ja zur See gefahren und kennt sich aus mit Ersatzdingsda. Sie hat eine alte Spitzenschneiderin im Drangstweg aufgetan, die Stützstrümpfe mit französischer Spitze in modischen Designs klöppelt und sich bereit erklärt, eine Kollektion Knieschutzbandagen für Sex auf dem, wie heißt das … kommt aus Persien, liegt rum, muss man kämmen? Teppich, genau. Jedenfalls:

das, was die Damen beim Jäten um die Knie haben, das in chic für das Halleluja auf dem Teppich. „Playwear" nennt Anita das, aber unsere Klientel spricht ja sicher kein Englisch, die hatten ja damals nichts, nicht mal 'ne richtige Schule. Wir einigen uns auf „Verspielte Mode, später Flieder".

Eine Goldschmiedin aus Groden macht uns Handschellen mit Plüschfütterung und Klettverschluss – „Oder wollt ihr riskieren, dass Monsieur De Menz nicht mehr weiß, wo der verfluchte Schlüssel ist? Eben". Wir organisieren sogar Geschenkpapier mit nackten Rentieren, nackten Engeln und einem nackten Knecht Ruprecht.

Ich bereite die Entspannungsmedien (Bücher, Filme, Vorlagen) vor, übernehme bei „Für Sie" die Buchhaltung und: die Kurschatten-Vermittlung. Wir nennen das allerdings „Kulturbegleiter". In Cuxhaven ist ja ständig was los für die Rollatorengangs, die ganze Stadt ist Seniorenbespaßungszone. „Literatur im Schwitzkasten" im Thalassozentrum *Ahoi* etwa, oder „Sauna mit Lesung und angeschlossener Herz-Kreislauf-Therapie". Theaterabend „Die Gedächtnislücke" in der *Döser Speeldeel*, ein echter Knüller. Siebenmal im Jahr kommt Roger Willemsen. Hach! Ich muss gleich mal ein paar Porträts von ihm für die Entspannungsmedien bestellen. Und den Peter Alexander, wenn ich den anguck, also dann …

Das Kurschatten-Casting müssen wir bald starten, sonst ist Winterpause, und erst im April beginnt die nächste Altherrensaison.

Bis zum 8.12. gibt es eh genug zu tun, zum Beispiel den Laden einrichten. Wir haben uns für die altdeutsch-gemütliche Variante mit Sofas, Knickkissen, Schabrackengardine, Orchideen entschieden – bei „Für Sie“ soll sich jede „Sie“ wie zu Hause fühlen.

Da kommt dann doch das Fräulein Cora ins Spiel, die ja inzwischen 10-zu-2-Fasten macht: einen Tag Lebkuchen, Spekulatius und Vanillekipferl ohne Ende, einen Tag nur heißes Wasser. Gegen eine kleine Aufmerksamkeit – Evchen hat Cora den „Hitachi Magic Wand“ empfohlen, Anita das Gleitgel „Sanfte Glut“ und ich ihr „Hetties Hottie“, ein Heizkissen mit sündig roter Spitze, denn merke: Warme Füße erleichtern die weibliche Klimax um 80 Prozent! – bringt die Sprachtrainerin uns das gesetzlich einwandfreie Um-schrei-ben bei. Alles bekommt einen frischen, legalen Namen, um auch für das Fest der Liebe mit seiner romantisch-religiösen Verzückung einwandfrei zu klingen. „Gleitgel“ heißt jetzt „Lippenbalsam“ und „Vibratoren“ „Wohlfühlbegleiter“, „Hochsensibler Ein-PS“ oder

„Rütteltünnes". Alles andere irgendwas mit Entspannung, Hygiene oder Wellness. Wir müssen das ja schön an denen da oben vorbei umschreiben, wenn wir nicht am Bahnhof oder in der Hölle landen wollen. Nun denn. Es gibt also bei uns Wellnesskerzen, Entspannungsmöbel und eine enorm vielfältige Reihe von Ehehygienedingsda.
Anita macht Reklame bei ihren Tanztees in der Kurpark- und der Kugelbake-Halle. Evchen übernimmt die Seniorenresidenzen und Geriatrien, ich die High Society. Als Cuxhavens dienstälteste Podologin habe ich intimsten Kontakt zu den Von und Zus aus Berlin, Moskau und Baden-Baden. Also zumindest zu ihren Füßen. Und während ich da so an den Hornhäuten rumschnibbele, umschreibe ich den Damen, was wir da in der „Für Sie" an Wellness-Wohlfühl-Ein-PS, Entspannungsliteratur und tophygienischen Kulturbegleitern so haben.

***

Am siebten Dezember ist es so weit: eine abendliche Vorpremiere von „Für Sie". Handverlesene Gästinnen, Cocktailbowle „Gefallener blauer Weihnachtsengel", Platten mit Zimt-Chili-Happen, dazu Glühwein und nackte Schokoladen-Weihnachtskerle. Als besonderes

Schmankerl stellt sich so mancher Kellner, der im Winter nix zu tun hat, als nackte kalte Platte zur Verfügung, sozusagen als lebender Juniorenteller.
Evchen ist puterrot vor Lampenfieber, als sie ihre Empfehlungen für den Gabentisch demonstriert. Sie hat sich dafür fünf Liter Sahne und siebzehn Beutel Sahnesteif gekauft, um die PS-Stärke ihrer festen Mitarbeiter zu demonstrieren. Einhellige Meinung: „Hitachi" macht die Sahne am allersteifsten. Zwischen den Vorführungen trägt Coras Papagei lasterhafte Adventslimericks von Dorothy Parker vor.
Es gibt Stollen und Schokokuchen mit Glühweinglasur. Vorbestellungen ohne Ende.
Gymnasialstudienrätin Sommer-Dürnbach a.D. hat unser Entspannungsmöbel „Frecher Fred" entdeckt. „Fred" sieht aus wie ein Fernsehsessel – aber der hat's in sich. Bald ist da ein großes Hallo, und jede will mal… fernsehen. Ich habe zur Mentalentspannung einige Animier-DVDs eingelegt: ganz frühe Tatorts mit Horst Schimanski – die Kopiermaschine jodelt. Ich notiere, dass wir „Fred" unbedingt als Treppenliftvariante brauchen, den nennen wir dann „Galanter Gerd".
Höhepunkt ist Anitas Playwear-Modenschau – pardon: der späte Flieder. Jede will danach rote Weih-

nachtsstützstrümpfe mit Naht haben. Das wird ja 'ne Bescherung.
Zu später Stunde erklärt sich Frau Studienrätin Sommer-Dürnbach – „Nennen Sie mich doch Loreley, liebe Hettie!" – bereit, Aufklärungsseminare zu geben, und wo eigentlich genau oben und unten ist. Viele haben da ja Nachholbedarf, fünfzig Jahre nur derselbe Kerl, und der wusste es auch nicht besser.
Und die Frau Doktor Hassenich, die will sich mal schlaumachen, ob wir die Rütteltünnisse auf Krankenschein verkaufen können. Denn, so ist ihre fundierte ärztliche Meinung (ihr Mann war ja Zahnarzt): „Regelmäßige Tiefenentspannung kräftigt den Beckenboden, beugt Inkontinenz vor, stärkt das Herz-Kreislauf-System, steigert die Durchblutung und fördert die Hauterneuerung. Außerdem baut es Depressionen ab und fördert die schnellere Scheidung."
Donnerwetter. Andere gehen dafür sechs Wochen auf Kur. Der Laden läuft vom ersten Tag an. Jede will sich was zu Weihnachten schenken. Wir brauchen nicht mal was in die gardinten Schaufenster zu stellen. Da steht nur ein Bild vom Roger Willemsen und ein Tütchen Sahnesteif. Nicht nur die Seniorinnen von Cux sind überglücklich – nein, wir erhalten Bestellungen aus ganz Deutschland und Übersee. An den Adventssamstagen

müssen wir Nummern ziehen lassen, und das, obwohl die Ladenfläche nur für dreißig Kundinnen gleichzeitig ausgelegt ist.
Frau Studienrätin und Frau Doktor schreiben nun in aller Eile eine Solo-für-Dame-Fibel: „Mach's Dir schön, mach's Dir selbst". Wird ein Bestseller, garantiert. Danach folgt: „Fifty Shades of Silvergrey" mit dem Untertitel „Wie man sich einen Zivi erzieht".

***

In der Vorweihnachtswoche beginnen wir mit dem Casting für die Kurschatten und haben unter pensionierten Sportlehrern, im Golfclub und im Kriegsblindenheim nachgefragt. „Menopausenclowns" hat Coras Papagei über die Rentner genölt. Ich schätze, der kommt irgendwann ins Frikassee.
Wir müssen mehrere Abende einplanen, schließlich wollen wir jeden Herren ausführlich kennenlernen. Also, nicht *so* ausführlich, obwohl die Anita das schon interessieren tät. Wir beschränken uns auf die fünf großen K: Kulturkenntnisse – Coras Papagei trägt ein Gedicht vor, und er muss raten, Konversation, allgemeine Konstitu- sowie Kondition und Kontostand. Frau Studienrätin Loreley Sommer-Dürnbach lässt den Herren, die es in die Kartei schaffen, noch eine

biologisch-anatomische Fortbildung zukommen. So manchem scheint es jetzt erst klar zu werden, was genau den Jackpot zum Klingeln bringt – und das ist nicht der einarmige Bandit. Kleiner Finger reicht, und ein Tatter ist sogar von Vorteil. Große Erleichterung macht sich breit.

***

Es ist so gegen siebzehn Uhr am Tag vor Heiligabend, als wir den für heute letzten Herrn erwarten. Einen, Evchen buchstabiert, „Zu-lu Ma-ka-leni – hm, ist das Rumänisch?“ Anita schätzt auf Elfenbeinküste, und da sind wir natürlich schon gespannt. Herein kommt dann aber ein brav gekämmter Blonder im schwarzen Mantel, bis unters Kinn zugeknöpft, und Bügelfalte zwischen den Augen-

brauen. Bisschen jung ist der, hat der etwa ... Tendenzen? Nicht dass er gleich den Mantel aufmacht und darunter ...

Er sieht sich mit verkniffenem Mund im Lädchen um. Evchen bittet ihn, Platz zu nehmen – auf „Fred", der ist ja nicht an –, und stellt ihm Apfelkuchen mit steifer Sahne hin. Der Tisch-Etikette-Test. Artig sitzt er da, der Blonde.

„Und Sie verkaufen bei ‚Für Sie' genau was?", fragt er. Nicht gerade die eleganteste Gesprächseröffnung, aber immerhin.

„Nur das Beste", antworte ich.

„Entspannung, Wellness und Hygiene", sagt Evchen.

„Ach. Keine Sexartikel?"

„Pardon?"

„Vibratoren, Dildos, Madonnen, Pornos ..."

„Mösenmopeds!", kreischt der Papagei. Herrje! Dieser Aas-Ara!

„Herr Makaleni, wir müssen doch sehr bi ..."

„Ich bin nicht Herr –"

„Also, jedenfalls, so was verkaufen wir bestimmt nicht."

„Sie sind also nicht Herr Makaleni?", schaltet sich Anita ein.

„Nein! Ich bin Bernhard Müller aus Bayern!"

„Ach. Den haben wir aber nicht auf der Liste“, überprüft Evchen.
„Auf welcher Liste?“, will der komische Kerl jetzt wissen.
„Du Menopausenclown“, kreischt Coras Papagei.
„Also, Herr Müller, und was machen Sie so beruflich?“
„Ich bin im ... im spirituellen Bereich tätig.“
„Ach!“ Das Evchen freut sich. „Haben Sie da auch was Klares von der Mosel?“
„Spirituell, nicht Spirituose“, korrigiert Anita sie mild. Da wird die Bügelfalte auf der Stirn des artigen Kerlchens noch tiefer, und auf einmal reißt er tatsächlich seinen Mantel auf und brüllt „Satan, weiche!“.
Ich zieh rasch die Fernbedienung von „Fred“ hervor und drück auf „Füße hoch, Beine breit“ – da knallt „Fred“ diesem Perversling funktionsgemäß von hinten in die Kniekehlen und schaufelt ihn in die Pflaumenbaum-Sitzhaltung. Anita zückt reaktionsschnell die Kletthandschellen, sodass der Lümmel ruck, zuck fixiert ist, und Evchen hält ihm den „Totschläger“ unter die Nase, den einzigen natur-überidentischen Entspannungswichtel, den wir nicht verkaufen, sondern zur Selbstverteidigung hinterm Tresen liegen haben. Er ist so breit wie mein Oberarm, schwarz und

glänzt. Volllatex, kann man auch im Geschirrspüler reinigen.
„Gott wird euch strafen!"
Erst jetzt entdecken wir seinen weißen Kollar um den Hals.
„Also, da reden wir erst mal mit seiner Mutter drüber", sage ich. Er guckt mich an, als sei ich irre. Dabei hat ja wohl auch der liebe Gott mal eine Mutter gehabt, oder?
„Was ist das denn? Ein perverser… Dingsda… lila Fummel, brennende Handtaschen, alle Sünden in der Kabine für ein Gedicht vergeben?"
„Priester", sagt Anita.
„Ein perverser *Priester*? Und der will Kulturbegleiter werden? Also, wirklich!" Evchen ist ehrlich schockiert.
„Habemus pimporello! Miraculix zu Sankt Pötern!" Coras Papagei flattert auf „Freds" Lehne und beginnt, dem Müller seinen Scheitel zu verpicken. Irgendwie gerate ich versehentlich an den Wohlfühlknopf, und „Fred" legt sich ins Zeug. Und dann geht das Geschrei los…
„Sünde! Hexen! Der Hirte wird kommen!"
Mir wird irgendwie ganz weihnachtlich.
„Pscht!", macht Evchen, „leg dich nicht mit Meister Popper an!", und droht Müller mit der Riesennudel.

„Ketzerin! Teufelsbraut!"
Er schreit weiter, da leg ich bei „Fred" noch einen Gang zu. Anita knebelt ihn dann mit einem Stück Stollen mit extragroßen Sultaninen, und Müller wird erst hochrot, brüllt dann leiser und wird schließlich tapetenweiß. Plötzlich fängt er an, wie irre zu grinsen, während „Fred" sich ins Zeug legt – und wird schlagartig ohnmächtig.
„Na also", piepst Evchen.
„Meister Popper? Was sollte das denn?"
„Tschuldigung, Hettie. Mir fiel grad kein … Dingsda ein."
„Na toll", sagt Anita, „so einer von der Kirche hat uns gerade noch zu Heiligabend gefehlt. Wenn der da oben erzählt, was hier läuft …"
„Als ob *die* das nicht wüsste", meint Evchen.
„Die schon, aber ich meine ihre Aushilfen hier unten."
„Dann machen die ‚Für Sie' dicht", ergänze ich.
Und das, wo es gerade so gut läuft. Und so viele Frauen so, so glücklich macht. Die anderen können darüber denken, was sie wollen, aber es ist keine Sünde, im Alter ein bisschen zu träumen, zu seufzen und sich das restliche bisschen Leben schön zu machen. Tut doch keinem weh! Aber die Welt ist noch nicht reif dafür, die wünscht sich ihre Omis keusch wie 'ne Rentnerbarbie,

und zu Weihnachten gibt's schön 'ne Strickmütze – alles wie gehabt. Oder ein blödes, selbst gemaltes Bild. Aber doch keinen Wohlfühltünnes!
So viel Angst vor der Zärtlichkeit hat nur der Mensch, es wird ja sogar in der Literatur viel öfter gemordet als geküsst, sagt jedenfalls Anitas Internet.
„Und nun? Wir können ihn wohl nicht in der Nordsee … Dings … revitalisieren?"
„Revitalisieren? Woher hast du das denn?"
„Ich umschreibe eben gern."
„Habt ihr eigentlich mal *Dornenvögel* gesehen? Vielleicht könnten wir ihn von der Mole schub …"
„Anita! Mit diesem Grinsen im Gesicht? Nee. Aber wir könnten ihn in eine dieser Röhren von den Windrädern …"
Und wie wir so am Nachdenken sind, nimmt uns die Mutter Gottes, oder wer auch immer dafür zuständig ist, das Problem ab und nimmt Bernhard Müller zu sich. Oder schickt ihn gleich weiter, niemand weiß das ja so genau.
Als wir den Krankenwagen rufen, sitzt Müller artig gekämmt, mit einem seligen Lächeln auf den Lippen und einem Stück Lebkuchen im Fernsehsessel. Meister Popper rotiert in der Spülmaschine, die Entspannungsutensilien sind diskret verräumt. Wir tun so, als ob wir

Schwibbögen, Strohsterne und Räuchermännchen verhökern.
Nichts weist auf Gewalteinwirkung hin – geplüschten Handschellen sei Dank. Die nette Ärztin trägt Herzstillstand ein, irgendwas muss Pastor Müller aufgeregt haben, sagt sie, wir können uns aber auch nicht erklären, was. Vielleicht hat er sich so auf den Heiligabend gefreut?
Herr Makaleni kommt dann am nächsten Tag, er hatte sich den Termin falsch aufgeschrieben, aber das macht gar nichts. Er ist Herrenschneider, groß, schön und kennt sich hervorragend in der Kultur aus, kann fast alle Peter-Alexander-Schlager mitsingen und tanzen – ach! Wir sind uns sicher: Ihm steht eine großartige Karriere als Kulturbegleiter und Geschenk bevor, und das nicht nur zum Fest der Liebe.
„Für Sie – eben nur das Beste“.

Allem kann ich widerstehen,
nur der Versuchung nicht.

Oscar Wilde

Regine Kölpin

Der Weihnachtshasser

Mein Bruder Holgi ist tot. Um mir ein gutes Gewissen zu machen, behaupte ich stets, er habe selbst Schuld, obwohl das beileibe nicht stimmt. Aber das weiß nur ich. Doch er hat auch zumindest einen kleinen Teil mitzuverantworten. Hätte Holgi sich wie ein wahres Mitglied der Familie verhalten, wäre das alles nicht passiert!

***

Holgi war ein Weihnachtshasser. Während sich die Welt ab Mitte November auf das Fest der Liebe vorbereitete, Geschenke einkaufte, plante, welches Festmahl in diesem Jahr die Bäuche füllen und wo der Tannenbaum seinen Platz finden würde, machte Holgi sein Wohnmobil startklar.
Er nahm nicht einmal eine Plastiktanne mit, die am Weihnachtsabend das Führerhaus schmücken könnte, auch der Adventskranz für den kleinen Tisch neben der Küchenzeile fehlte.

Holgi fuhr völlig weihnachtsfrei in die südlichen Gefilde. Ich litt schon seit Jahren unter dieser Herzlosigkeit uns gegenüber, aber auch darunter, dass mein Bruder an den schönsten Tagen im Jahr ganz allein in seinem Wohnmobil saß und nichts, aber auch gar nichts vom wunderbaren Weihnachtsfrieden mitbekam.
Holgi hingegen behauptete, genau das zu lieben. Kein Wort glaubte ich ihm und war in Sorge um sein Wohlergehen und seinen Seelenzustand.
Ihm aber war es egal, ob wir ihn bei den Weihnachtsfeiern vermissten, er nicht beim jährlichen Weihnachtsmarkt am Schloss Gödens dabei war und auch nicht bei dem der Vereine in unserem Dorf Neustadtgödens. Dieser Markt fand immer am Samstag vor dem ersten Advent bei der evangelischen Kirche statt. Es galt als unausgesprochene Pflicht, dass jeder aus dem Ort daran teilnahm. Wir hätten ihn auch gern beim Krippenspiel gesehen, vor allem, wo unsere Tochter Emily seit dem letzten Jahr im Bläserchor spielte und ihrem Instrument wahrlich wundersame Töne entlockte. Das alles ließ Holgi kalt. Dabei war sie nicht nur bei *Stille Nacht* in der Lage, eine wunderbare Klangfülle zu zaubern, auch alle anderen Lieder flossen ganz sauber aus der Trompete. Sie war ein wahres Talent, unsere Emily, und Holgi war ihr Patenonkel. Da hatte er schließlich gewisse Ver-

pflichtungen, denen er aber nicht nachzukommen gedachte, weil er sich jedes Jahr spätestens zum ersten Advent verkrümelte, damit er schon das Anzünden der ersten Kerze nicht mehr miterleben musste.
Er kam stets erst im neuen Jahr zurück, wenn das „ganze Festtagsgetue", wie er es so abwertend ausdrückte, vorbei war. Oft war das nach Ostern, denn er mochte auch die vielen bunten Eier und all das nicht.
In diesem Jahr empfand ich seine Abwesenheit als besonders schlimm. Denn Emily spielte nicht nur im Bläserchor Trompete, es hatte sich auch im Ort eine weitere sensationelle Neuigkeit ergeben: In diesem

Jahr würde es kein klassisches Krippenspiel geben, sondern *A Christmas Carol* von Charles Dickens, und unsere Emily hatte die Rolle des ersten Geistes bekommen. Was waren wir stolz auf sie! Natürlich war sie eine ebenso begnadete Schau- wie Trompetenspielerin, und die Rolle war ihr wie auf den Leib geschnitten. Schon als ich im Oktober davon hörte, machte ich mich auf den Weg zu Holgi. Nun konnte er sich nicht mehr drücken. Mein Bruder hauste in einem winzigen Einzimmerapartment in Sande Neufeld, kein Schmuck zierte die Wände, keine Blume schmückte die Fensterbank. Natürlich war auch nichts jahreszeitlich deko-

riert, wenn man mal von dem vertrockneten Farn im Badezimmer absah, der mit viel Fantasie den Herbst verkörpern könnte. Aber wer schon zu Weihnachten nicht schmückte, von dem konnte man auch im Herbst nichts erwarten.

„Dein Patenkind spielt am Heiligen Abend nicht nur Trompete und dazu ein perfektes Solo. Sie ist in diesem Jahr auch der erste Geist in *A Christmas Carol.* Ich möchte, dass du Weihnachten zu Hause bleibst und Emily die Anerkennung zollst, die ihr ganz eindeutig zusteht."

„Und wenn sie die erste Geige oder den Papst spielte", lachte Holgi, „ich würde dennoch wegfahren. Ich hasse das Fest, ich hasse das viele Essen, dieses Friede-Freude-Eierkuchen-Getue ... Ich hasse alles, was damit zusammenhängt. Ich bin wie Ebenezer Scrooge, ein überzeugter Weihnachtshasser!"

Mir verschlug es fast den Atem, als er mir das so locker ins Gesicht sagte. Einfach zu behaupten, er sei wie dieser Fiesling, und offensichtlich war er auch noch ganz stolz darauf. Dennoch hinkte seine Aussage. Holgi mochte zwar, wie Ebenezer Scrooge, das Weihnachtsfest nicht, aber er war alles andere als geizig. Es gab also noch Hoffnung. Für ihn. Für Emily. Und für mich. Ich musste handeln.

Holgi sah meinen Kummer und nahm mich in den Arm. „Gern sehe ich mir alles an, was Emily so tut. Aber nicht an den Feiertagen. Da befinde ich mich an der Algarve und genieße die Sonne. Mit etwas Glück herrschen dort manchmal schon 15 bis 20 Grad." Holgi rückte ein Stück von mir ab und musterte mich. „Ihr fahrt am ersten Feiertag doch auch immer weg, warum darf ich das nun also nicht?"
„Wir fahren schließlich in den Harz. Da liegt Schnee. Dort hat man noch das echte Weihnachtsfeeling. Tief verschneite Tannenwälder, Berge, Eiszapfen an den Wasserfällen!" Ich geriet ins Schwärmen vor lauter Weihnachtsbegeisterung, hielt aber inne, als ich Holgis Gesicht sah. Es machte mich wütend. „Das ist doch etwas ganz anderes, als die Tage unter Palmen zu verbringen! Das kannst du gar nicht vergleichen!"
„So, kann ich das nicht? Für mich macht das keinen so gewaltigen Unterschied. Ich reise nur aus anderen Gründen als du, aber unterm Strich sind wir beide weg."
„Dein letztes Wort, Holgi?"
„Mein letztes Wort, Ilsi."
Wir reden uns immer in der i-Form an. Das hat so etwas Persönliches. Aber dieses Mal blieb mir das „i" im Halse stecken. Ich sprach meinen Bruder seit langer Zeit zum ersten Mal wieder mit seinem vollen

Namen an. „Und was sage ich Emily, Holger? Sie wird untröstlich sein. Weißt du, wie sehr sie schon übt? Immerhin müssen alle Töne stimmen, und die Rolle des ersten Geistes verlangt dem Kind auch einiges ab." „Sie ist doch pfiffig und macht das gern. Sie kann es mir ja hinterher mal vorspielen, wenn ich zurück bin."

Ich konnte es nicht fassen, was für ein Banause mein Bruder doch war. „*Stille Nacht* spielt man Weihnachten und nicht nach Ostern. Und das Christuskind wird auch nur an einem Tag im Jahr geboren."

„Man kennt das genaue Datum doch gar nicht", wandte Holgi ein. „Wissenschaftlich ist der Geburtstag von Jesus nicht zwangsläufig auf den 24. Dezember festgelegt. Das ist nämlich ein heidnisches Datum und hat mit der Wintersonnenwende zu tun." Mein Bruder hatte sich schon wieder abgewandt und war dabei, die Gasflaschen zu sichern. Er sicherte an seinem zweiten Zuhause immer etwas. „Was freue ich mich auf die Sonne und die Ruhe." Das klang fast wie ein Stoßseufzer. Was für ein armer Mann er doch war! Sich auf das Alleinsein zu freuen, obwohl er Familie hatte, obwohl es das Fest der Liebe war.

„Hey, guck nicht so", grinste er mich an, als er die Klappe schloss.

„Du wirst noch bereuen, was du tust. Deine ganze Familie lässt du im Stich. Ganz Weihnachten trittst du mit Füßen."

„Entspann dich, Ilsi! Ich fahre sowieso, egal was für ein Theater du machst."

Ich verließ ihn mit einem Gefühl im Bauch, das einer Mischung aus überschäumendem Wasserkessel und unendlicher Trauer glich. Es waren drei Kilometer bis nach Hause. Drei Kilometer, die in mir einen Entschluss reifen ließen.

Nach dem ersten war mir klar, dass Holgi dieses Mal nicht ungeschoren davonkommen würde.

Nach dem zweiten beschloss ich, dass er einen Denkzettel erhalten würde, den er nicht so rasch vergaß.

Und nach dem dritten wusste ich, wo ich in diesem Jahr die beiden Weihnachtsfeiertage sein würde.

Dazu war es nur noch notwendig, meinen Mann Ulrich von einem Urlaub unter Palmen zu überzeugen und ihn nicht wie sonst im verschneiten Harz zu verbringen. Das könnte die größte Hürde sein. Notfalls würde ich allein reisen.

Mein Mann war, wie erwartet, keineswegs bereit, auf seinen Weihnachtsschneeurlaub zu verzichten, und meine kleine Trompeterin zog das Schlittenfahren Meer und Strand ebenfalls vor.

Nachdem Emily das nachdrücklich klargemacht hatte, verschwand sie in ihrem Zimmer, das *Stille Nacht* klang anschließend aber leicht schief, die Töne glitten nicht so geschmeidig wie sonst. Emily war ein höchst sensibles Geschöpf, dem man sofort anmerkte, wenn die Seele in eine Schieflage geriet. Und wer hatte Schuld an allem? Natürlich Holgi.

„Wie kommst du darauf, in diesem Jahr in den Süden fliegen zu wollen? Die jährliche Reise in den Harz war doch deine Idee, und wir haben es immer sehr genossen", meinte Ulrich, als wir allein waren und aus Emilys Zimmer die fast verzweifelten Trompetentöne zu uns herüberschallten.

„Sie leidet", sagte ich. „Weil Holgi nicht da sein wird. Ihr eigener Patenonkel!"

„Er fährt doch jedes Jahr weg. Das kennt Emily, sie macht sich nichts draus!"

„Und in jedem Jahr tut er Emily weh, weil er bei den wichtigen Ereignissen nicht an ihrer Seite ist, wie sich das für einen Patenonkel gehört. Hör doch!"

Gerade schallte von oben ein besonders schiefer Ton herunter.

Ulrich strich mir über den Kopf. „Ich glaube, du machst dir zu viele Gedanken. Emily übt einfach." Er machte eine nachdenkliche Pause. „Vielleicht würde dir ein Urlaub an Holgis Seite ganz guttun. Ihr könntet euch aussprechen."

Ich nickte, aber mein Herz wurde schwer. Was zuerst in Gedanken so einfach erschienen war, wuchs sich nun zu einem unüberwindbaren Hindernis aus. Ich konnte Weihnachten einfach nicht wegfahren, das ging nicht! Egal was ich mir zuvor ausgemalt hatte.

Aber Ulrich war noch nicht fertig. „Ich mache mir schon seit ein paar Tagen Sorgen um dich. Du bist immer blasser geworden. Und außerdem wirkst du nervös. Ich glaube, dir würde eine kurze Zeit an der Algarve bei ihm wirklich helfen. Ich kann allein mit Emily in den Harz fahren, und anschließend machen wir uns ein paar schöne Stunden zu Hause. Ist ja nur dieses eine Mal."

„Dann bin ich an den wichtigsten Tagen im Jahr aber nicht bei euch!" Mir kamen die Tränen bei der Vorstellung.

„Es hilft nichts. Wenn du so leidest, musst du deinen Bruder an der Algarve aufsuchen, damit du verstehst, was ihn dorthin treibt. Das hier zu klären bringt nichts, wie du siehst. Dort habt ihr richtig Zeit zum Reden", beschloss Ulrich, der immer alle Sachen ganz pragmatisch regelte, und so war es beschlossene Sache.

Die Weihnachtszeit zog an uns vorbei mit allen Höhen und Tiefen. Ich schmückte schon in der letzten Novemberwoche, als Holgi zum Abschied noch einmal vorbeischaute. Er wollte weg sein, bevor der *Weihnachtszauber* auf Schloss Gödens begann und vor dem Ereignis des Neustädter Weihnachtsmarktes, der ihm der größte Graus war.

Natürlich verzog er das Gesicht, als er bei uns gegen die geballte Weihnachtsfront blickte. Ihn lächelten Weihnachtsmänner in allen Formen und Variationen an, überall hingen Tannengirlanden und Glöckchen, die ihren unvergleichbaren Klang durch die Wohnung zauberten. Lichterketten zierten meine Fenster, und Schneeflöckchen besetzten Kommoden und Schränke.

Holgi blieb nicht lange, wirkte aber mehr als erstaunt, als ihm klar wurde, dass ich ihn schon bald in Portugal aufsuchen würde. „Ich möchte einfach wissen, was dich dort so fasziniert, und außerdem kann ich dir einen Hauch von Weihnachten dorthin mitbringen."

„Untersteh dich, Ilsi", sagte er. „Du bist herzlich willkommen in meinem Domizil, aber bitte lass sämtliche Weihnachtsmänner, Wichtel und Engel dort, wo sie sind."

„Ich werde ohnehin im Hotel wohnen", entgegnete ich und nannte ihm die Adresse und die Ankunftszeit am

Flughafen Faro. Er wollte sein Mobil in der Nähe des Hotels aufstellen, damit wir ein wenig Zeit füreinander hatten. Ob er glücklich über mein Erscheinen war, konnte ich nicht sagen.

Meine Familie und ich zelebrierten sämtliche Weihnachtsmärkte ohne ihn. Noch nie hatte Emily so oft wie in diesem Jahr erwähnt, wie schade es sei, dass Onkel Holgi nicht am Heiligen Abend an unserer Seite wäre und ihren Trompetentönen lauschte oder sie als ersten Geist erlebte. Es wurde in der Tat allerhöchste Eisenbahn, dass jemand meinem Bruder endlich die Augen öffnete, und dieser Jemand würde ich sein. Ich übte mit Emily, bis auch ich die Rolle des Geistes beherrschte, und da es mir so viel Freude machte, lernte ich gleich die Rolle der anderen Geister mit und die von Jacob Marley ebenfalls. Charles Dickens, der Erretter der Weihnacht! Er hatte es diesem Weihnachtsmuffel Scrooge so richtig gezeigt, und ich würde das mit Holgi auch tun!

Emily spielte am Heiligen Abend zunächst ein wunderschönes Solo auf ihrer Trompete, dass mir sämtliche Weihnachtslieder vor Rührung im Halse stecken blieben. Aber als sie später als erster Geist in Erscheinung trat, war es endgültig um meine Fassung geschehen. In dem Augenblick wurde mir klar, wie nachdrücklich

ich Holgi einheizen musste, damit er endlich zur Besinnung kam. Der aber schickte lediglich eine SMS. „Ich hoffe, eure Kleine macht es so gut, wie ich es erwarte.“
Als Emily das las, traten auch ihr Tränen in die Augen. „Ich vermisse Onkel Holgi so. Er hätte hier sein sollen, wenn ich meinen großen Tag habe. Aber der fährt ja lieber immer weg! Und jetzt ist schon alles vorbei.“
Es war ein trauriger Weihnachtsabend. Emily und ich steigerten uns in die Trauer um Holgis Abwesenheit hinein, und auch Ulrich nahm sich schlecht gelaunt ein paar Gläser Tullamore zur Brust.
Ich musste deswegen am nächsten Morgen allein zum Flughafen fahren, Ulrich und Emily beschlossen spontan, erst am Nachmittag zu reisen. Mit Ulrichs Alkoholfahne war das sicher eine gute Entscheidung.
Der Flughafen war voll, es grenzte schon an Wahnsinn, wie viele Menschen Weihnachten in den Süden oder sonst wohin flohen. Ich flog nach Faro, und von dort stand ein Transfer zu meinem Hotel mit Meerblick bereit. Ein Hotel östlich von Carvoeiro an der Felsküste war mein Ziel.
Die Flughafengesellschaft hatte sich alle Mühe gegeben, einen Hauch von Weihnachten in den Flieger zu transportieren. So bekam jeder Gast zur Begrüßung einen Schokoladenweihnachtsmann in die Hand

gedrückt, sogar Glühwein wurde ausgeschenkt, und über die Bordbildschirme flackerte immer mal wieder ein Adventskranz oder ein Tannenbaum.

Musikalisch wurde das alles mit deutschen Weihnachtsliedern unterlegt. Bei *Süßer die Glocken nie klingen* kamen mir wieder die Tränen. Ich könnte jetzt bei meiner Familie sein, mit ihnen Weihnachtsgans in dem schönen Harzer Hotel essen und Rotwein trinken, anstatt mich auf einen engen Sitzplatz zu quetschen, damit Holgi endlich begriff, was er uns mit seinem Weihnachtshass antat.

Ein bisschen fühlte ich mich als Held, ein bisschen aber auch einsam, denn ich vermisste meine Familie sehr. Doch genau für sie tat ich das alles. Irgendwer musste Holgi einfach die Augen öffnen.

Der stand gut gelaunt am Gate und wollte mir den Transferbus ersparen. Als wir das Hotel erreichten, nahm mein Bruder mich noch einmal in den Arm. „Ich hole dich später zum Essen ab. Mein *Womo* steht direkt an den Klippen mit einem herrlichen Ausblick hinunter zur Strandbucht und über den Atlantik. Du wirst es genießen."

Ich checkte ein, legte mich auf das breite Doppelbett und genoss den Blick auf den Pool und das dunkelblaue Wasser des Meeres. Dazwischen drang das laute Kreischen der großen Möwen, die am Himmel kreisten und alle Zeit der Welt zu haben schienen. Holgi hatte in der Tat nicht zu viel versprochen. Portugal war ein Traum.

„Aber keiner, den man während der Weihnachtstage lebt", sagte ich entschlossen und zog die Vorhänge zu. Das Hotel hatte sich dennoch bemüht, ein wenig Festatmosphäre zu zaubern. Auf dem Tisch stand ein Tannengesteck, das angesichts der Temperaturen und dem Ambiente fehl am Platz wirkte. Ich stand auf, nahm es näher in Augenschein und stellte fest, dass es aus Plastik bestand. Was hatte ich auch anderes erwartet.

Anschließend wartete ich in der Halle. Dort war es stickig und viel zu warm, ich hatte mich noch nicht akklimatisiert. „Das ist aber auch ein heißes Weihnachtswetter in diesem Jahr“, hörte ich eine Frau stöhnen. Der Tannenbaum in der Ecke ließ gerade ein paar Nadeln zu Boden rieseln, es knisterte leise, als sie über die roten Kugeln glitten. Sogar an Lametta hatten sie gedacht. Es wirkte trotzdem nicht. Das alles hier war nichts im Vergleich zu unserer beschaulichen Weihnacht am Kamin, nichts gegen den Weihnachtsmarkt am Schloss Gödens, nichts gegen die schneebedeckten Wälder im Harz. Dass bei uns an der Küste meist kein Schnee lag, sondern das typisch norddeutsche Schmuddelwetter vorherrschte, verdrängte ich erfolgreich.
Holgi kam pünktlich, und wir kletterten ein kurzes Stück im Dunkeln über schmale Wege an der Küste entlang zu seinem Stellplatz, der sich wirklich direkt an einer Felsenbucht befand, die steil abfiel. Die Wellen waren unüberhörbar. Trotz der Windstille brachen sie sich unentwegt, schlugen zurück und ließen sich wieder gegen den Stein schleudern.
„Schön, nicht?“, sagte Holgi. „Dafür fahre ich Jahr für Jahr hierher.“
„Und wenn dein Platz besetzt ist? Du hast ihn ja nicht reserviert. Du parkst hier ja nur.“

„Ilsi. Ich bin Camper. Dann suche ich mir eben einen anderen Platz. Heute hier, morgen dort. So leicht, so einfach ist das Leben."

„Auch ohne Weihnachten", stellte ich fest. Denn als wir sein Domizil betraten, konnte ich, wie erwartet, weder einen Adventskranz noch die Spur von weihnachtlicher Gemütlichkeit entdecken.

„Vergiss doch endlich dieses blöde Fest! Du bist bei mir in Portugal. Die feiern Weihnachten hier auch, ein bisschen anders zwar, aber ich will es einfach nicht. Nicht auf ihre und nicht auf unsere Art. Ich genieße die Freiheit. Hier und jetzt!"

Du wirst schon sehen, was du davon hast, dachte ich. Laut aber sagte ich: „Lass uns die drei Tage, die ich hier bin, genießen."

„Kein Wort über Weihnachten?"

„Kein Wort über Weihnachten." Er würde schon sehen …

Ich hatte lange überlegt, wie ich Holgi meinen Denkzettel verpassen sollte, denn es musste nachhaltig wirken. Schließlich sollte er auf immer und ewig zu unserem Fest nach Neustadtgödens zurückkehren.

Am Nikolaustag war mir der zündende Gedanke gekommen, was ich mit Holgi anstellen könnte, nachdem sich andere Überlegungen als undurchführbar erwiesen hatten. Zuerst hatte ich nämlich geplant, Narkosegas in sein Wohnmobil einzuleiten und ihn auszurauben. Damit er mal sah, wie gefährlich er lebte. Ich hatte sämtliche Foren im Netz durchforstet, um herauszubekommen, was sich am besten eignete. Und siehe da: Es wusste keiner. Etliche Wohnmobilisten verstiegen sich sogar zu der Annahme, es würde diese Übergriffe in der Form gar nicht geben, weil man kein Gas der Welt so dosieren könnte, dass Menschen auf den Punkt betäubt, aber nie geschädigt würden. Man hatte ein paar mögliche Gase genannt, aber entweder bestand auch noch Explosionsgefahr, oder aber es war nicht ausgeschlossen, dass jemand allein durch das Gas zu Tode kam. Ich bin dann zu dem Entschluss gekommen, die Finger davon zu lassen. Ich wollte ja keinen Mord begehen, ich mochte meinen Bruder ja schließlich.

Aber während meiner Recherche stieß ich auf eine wunderbare Anleitung, wie man K.-o.-Tropfen selbst herstellen konnte. Ich wunderte mich zwar, dass so etwas nicht verboten war, mir aber erschien es für mein Problem goldrichtig. Denn während ich Emily beim Einstudieren ihres Textes half, war mir die zündende Idee gekommen, wie ich vorgehen würde: Holgi wäre mithilfe der Selbstbautropfen willenlos, und ich könnte all meine Talente auf ihn niederregnen lassen, wenn ihm nach und nach die drei Geister der Weihnacht erschienen, gespielt und inszeniert von meiner Wenigkeit. Egal was ich ihm da eben in die Hand versprochen hatte.

Das würde auch ihn bekehren, wenn es selbst einen Mann wie Scrooge beeindruckt hatte. Ich malte mir aus, dass von meiner Botschaft auch unter Einfluss der Droge etwas in sein Unterbewusstsein dringen würde, vor allem, wenn ich die Dosierung nicht zu hoch schraubte. Ich fand meinen Plan genial, hielt ihn für regelrecht ausgekocht.

In mühevoller Feinarbeit hatte ich die drei Kostüme der Geister geschneidert und noch eines für Jacob Marley, in dessen Rolle ich zu Beginn schlüpfen musste.

Nach dem Essen wurde es Zeit, meinen Plan in die Tat umzusetzen.

Als Holgi sich für ein paar Minuten auf seine Bordtoilette zurückzog, träufelte ich ihm die Dosis der sorgfältig gemischten Tropfen in den Rotwein, nach Angaben der Onlineseite waren sie absolut geschmacksneutral. Ich hoffte, alles richtig gemacht zu haben, so ganz versiert war ich auf kriminellem Gebiet ja nicht. Aber nach Berechnung von Holgis Körpergröße, seinem geschätzten Gewicht und der übrigen körperli-

chen Konstitution müsste meine Dosierung in etwa passen. Ein Restrisiko blieb immer, aber wer nicht wagt, der nicht gewinnt.
Die Wirkung ließ nicht lange auf sich warten. Holgi wurde erst schwindelig, glaubte, zu viel getrunken zu haben, was angesichts der schon reichlich geleerten Rotweinflasche nicht auszuschließen war. Nach etwa zehn Minuten saß er willenlos in seinem Sessel.
Ich zog mich ins Schlafgemach zurück und erschien ihm als Jacob Marley und erklärte, wer ihm gleich alles begegnen würde.
Zuerst verstand er nicht so recht, was ich von ihm wollte. Seine Reaktion war sehr verhalten, aber dann lief ich zu großer Form auf. Die vielen Wochen des Übens mit Emily trugen Früchte, und so zeigte sich beim Erscheinen des ersten Geistes eine Regung auf Holgis Gesicht.
Als ich den Geist der jetzigen Weihnacht gab, erkannte ich in seinem Blick bereits ein nervöses Zwinkern. Er sprang, trotz der Tropfen, sogar kurz auf, aber ich drückte ihn auf den Sessel zurück. Das hätte mich stutzig machen sollen und mich veranlassen, noch ein wenig nachzutropfen, aber ich war zu sehr in meinem Element. Ich würde siegen, und nie wieder würde Holgi es wagen, woanders als in unserem schönen

Neustadtgödens bei seiner Familie Weihnachten zu feiern. Nie wieder.
Sein Blick wandelte sich im Laufe meiner Inszenierung allerdings zusehends. Er litt. Und wie er litt. Mir schien, als sei ich doch auf einem guten Weg, und es spornte mich an, noch lauter und besser zu werden.
Dabei musste ich die entscheidende Veränderung übersehen haben, denn Holgi fand das alles mit einem Mal wohl eher beängstigend, ja, er geriet in Panik. Nur war mein Bruder rein körperlich nicht mehr in der Verfassung, mich zu stoppen. Kurz bevor ich zum großen Finale kam und ihm sein einsames Grab zeigen wollte, sprang Holgi aus dem Sitz. Er wankte gegen die Wohnmobiltür und stieß sie auf. Ich wollte ihn aufhalten,

doch ich verwickelte mich in die Robe des Geistgewandes, stolperte gegen den Tisch und fiel der Länge nach hin. Dass ich mir dabei nicht den Schädel einschlug, grenzte an ein Wunder. Hätte ich doch nur eine höhere Dosis gewählt. Holgi taumelte vor dem *Womo* hin und her, griff sich immer wieder an den Kopf. Er war nicht Herr seiner Sinne und ich verheddert in meine Geisterrobe. Das Letzte, was ich von ihm sah, war, wie er von der Dunkelheit verschluckt wurde, als er in Richtung der steilen Klippe torkelte.

Die Wellen schienen ihn aufzufordern, sich hinabzustürzen. Welche bösen Geister hatte ich hier mit meinem Tanz beschworen?

Als ich es schließlich schaffte, mich aufzurappeln, war ich allein. Meine Rufe verhallten ungehört in der sternenklaren Nacht.

***

Holgi blieb verschwunden. Erst am übernächsten Tag wurde er an den Strand von Carvoeiro gespült. Seltsamerweise hatte sich ein Tannenzweig in seinem dichten Haar verfangen. Von mir war das nicht, ich schwöre es. Holgi hat sein Ende also im sonnigen Süden gefunden. Ich denke oft an ihn, den Weihnachtshasser. Hätte er sich ein bisschen mehr Mühe gegeben, nie wäre ich ihm nachgefahren. Nie hätte er so enden müssen. Doch die Geister der Weihnacht hatten es anders für ihn geplant. Zumindest liegt er jetzt in Neustadt auf dem Friedhof begraben und ist an den Feiertagen immer hier. Da haben wir uns dann doch durchgesetzt. Nächstes Jahr will Emily an seinem Grab *Stille Nacht* spielen. Da muss er ihr wenigstens zuhören.

Und wieder nahn
die Weihnachtstage!
Gott hilf mir,
dass ich sie ertrage!

Theodor Storm

Ron Goulart

Ein Besuch vom Nikolaus

Wie üblich brachten die Medien wieder alles durcheinander. Die Leiche im Weihnachtsmannkostüm war nicht das Opfer eines Überfalls auf offener Straße gewesen und deshalb auch kein allzu offenkundiges Symbol dessen, was mit unserer zerfallenden Gesellschaft im Argen lag.

Eigentlich hatte Harry Wilkie sich als Nikolaus verkleidet, um einen schweren Diebstahl zu begehen. Offensichtlich lief die Sache ziemlich schief, weshalb er, herausgeputzt mit einem scharlachroten Kostüm und einem schneeweißen Bart, ausgestreckt auf jenem mitternächtlichen Strand in Southport, Connecticut, endete.

***

Es schneite an dem Tag, der Harrys letzter Geburtstag sein sollte. Das war letztes Jahr am zwanzigsten Dezember, und der Schneefall war launenhaft und halbherzig, so gar kein traditioneller Neuengland-Weihnachtskarten-Schnee. Dabei hätte ein halber

Meter guten Schnees die Aussicht durch das schmale Fenster des Wohnzimmers der Eigentumswohnung, in der Harry seit seiner letzten Scheidung vor fast zwei Jahren im Exil gelebt hatte, klar verbessert.

Harry saß da, Telefon auf dem Schoß, und schaute auf seinen Carport, seine zwei blauen Plastikmülltonnen und einen kahlen Fleck toten Rasens hinaus.

„Habe ich dich nicht gewarnt?“, fragte sein Bruder Roy gerade aus seiner abgelegenen Villa irgendwo in Oregon. „Wenn du dich in etwas niederlässt, das sich Yankee Woodlands Village nennt, dann wirst du offensichtlich Probleme kriegen. Wahrscheinlich gibt es meilenweit keine Wälder, hab ich recht?“

„Sechs Bäume. Die Sache ist die, Roy –“

„Was für Bäume?“

„Ulmen. Die Sache ist die, Roy, dass es jetzt über vier Monate her ist, seit sie mich bei Forman & McCay gefeuert haben. Du hast es vielleicht nicht gehört, aber die Wirtschaft liegt –“

„Du hattest wirklich mal Talent. Ich erinnere mich noch an diese großartigen Karikaturen, die du von Mr. Washburn gemacht hast.“

„Von wem?“

„Unserem Mathelehrer auf der Highschool. Washburn, der mit der Nase wie ein –“

„Meine Mathelehrer auf der Highschool waren Miss Dillingham und Mr. Ribera. Die Sache ist die, Roy, dass mir das Geld ausgeht und –"
„Von echt brillanten Karikaturen zur schlimmsten Form von Werbegrafik zu wechseln ist traurig und –"
„Forman & McCay ist die zweitgrößte Werbeagentur in Manhattan, Roy. Ich arbeite an dem Kubla-Kola-Kunden, der alljährlich Plakate –"
„*Arbeitete*. Vergangenheit."
„Und dem Cyclops-Security-System-Kunden und –"
„Okay, wie viel?"
„Ich brauche, meinst du?"
„Ich kann dir nicht mehr als 5.000 Dollar geben. Abigail will nächstes Semester ihren MA mach–"
„Du hast keine Tochter namens Abigail."
„Geliebte. Werden 5.000 Dollar helfen?"
„Sicher, ja. Ich bin an einer neuen Stelle als leitender Grafiker dran, und direkt nach dem ersten –"
„Noch mal ein Job im Big Apple?"
„Nein, es ist direkt drüben in Norwalk. Hier in der Nähe von Wilton. Eine kleine, aggressive junge Agentur, die sich auf Kunden auf dem Gebiet der Naturkost und Kräuterheilmittel spezialisiert hat."
„Hast du in Betracht gezogen, es einmal mit einem dieser Berufsberater zu versuchen? Es ist wahrschein-

lich noch nicht zu spät, selbst in deinem Alter, um neu anzufangen und –"
„*Meinem* Alter? Ich bin zwei Jahre jünger als du, Roy!"
„Na ja, ich bin fast fünfzig."
„Du bist fast einundfünfzig. Ich bin neunundvierzig. Und ich sag dir noch was – seinen verdammten Geburtstag so nah an Weihnachten zu haben ist nicht so toll. Besonders dieses Jahr, wo ich nicht verheiratet bin oder jemand Festes habe, kriege ich kaum Geschenke oder auch nur –"
„Vielleicht solltest du nichts Ernstes mit einer anderen Frau anfangen, Harry. Nicht im Moment jedenfalls", riet ihm sein Bruder. „Vier schiefgegangene Ehen sind fürs Erste genug."
„*Drei* schiefgegangene Ehen."
„War da eine, die nicht schiefgegangen ist?"
„Es waren insgesamt nur drei Ehen, Roy."
„Bist du dir da sicher?"
„Ja, ich habe den Überblick behalten."
„Nur drei, so, so. Schau'n wir mal … Da war die Fette. War das Alexandra?"
„Das war Alice, die *mollig* war und nicht fett."
„In unserer Gegend betrachten wir eine Frau, die hundertzwanzig Kilo auf die Waage bringt, als fett."
„Ihr Maximum waren bloß neunzig!"

„Das ist immer noch ziemlich nah dran an fett, Harry. Und dann war da die durchgeknallte Dürre. Wie hieß sie noch gleich? Irgendwas mit einer Blume.“
„Pearl.“
„Das ist sie! Bekloppt wie eine Hutschachtel!“
„Verrückt wie ein Hutmacher.“
„Genau!“
„Nein, ich wollte dir nicht zustimmen, ich wollte bloß deine Redensart korrigieren. Pearl war vielleicht ein bisschen exzentrisch, das schon, aber bestimmt nicht verrückt.“
Im fernen Oregon gab sein Bruder ein Grunzgeräusch von sich. „Die Erste war nicht ganz so schlimm – genau genommen die Beste von dem Haufen. Hieß sie nicht Amy?“
„Japp.“
„Sie sah auch halbwegs gut aus.“
Harry fragte: „Könntest du mir den Scheck mit FedEx schicken, Roy?“
„Steht’s so schlimm?“
„Die Rate für die Eigentumswohnung ist ein bisschen überfällig. Und –“, sein Telefon signalisierte einen anderen Anruf. „Warte mal, Roy, ich habe einen anderen Anruf.“
Er drückte eine Taste. „Hallo?“

„Meine Güte, du hörst dich ja schrecklich an! Bist du krank?“
„Nein“, sagte er zögernd.
Die Frau fuhr fort: „Du klingst total scheußlich! Ich wette, das ist wieder so ein Bronchitisanfall, wie du sie früher immer schon gehabt hast!“
„In meinem ganzen Leben habe ich genau zweimal Bronchitis gehabt, Amy.“
„Die meisten Menschen kriegen gar keine“, konstatierte seine erste Frau. „Hör mal, kann ich mit dir reden?“
„Bleib kurz dran. Ich habe Roy auf der anderen Leitung.“
„Roy?“
„Mein Bruder. Der Trauzeuge bei unserer Hochzeit.“
„Hieß der Roy? Es kommt mir vor, als wäre das alles vor hundert Jahren gewesen, und ich versuche, mein Gedächtnis nicht mit dem ganzen alten Müll zu überladen. Grüß ihn trotzdem schön von mir.“
Er drückte eine Taste und sagte zu seinem Bruder: „Ich muss diesen anderen Anruf annehmen. Schick das Geld und –“
„Es ist eine Frau, hab ich recht? Ich erkenne es an dem verstohlenen Tonfall in deiner Stimme.“
„Klinge ich auch, als hätte ich Bronchitis?“

„Ist es irgendeine neue Braut? Wirklich, Harry, in deiner derzeitigen Lage solltest du nicht mal daran denken –“

„Es ist nur meine Exfrau. Es ist Amy. Sie lässt dich übrigens herzlich grüßen.“

„Sie war gar nicht so übel, besonders verglichen mit dem, was später kam. Frohe Weihnachten – und, ach ja, alles Gute zum Geburtstag!“

„Danke, Roy … Hallo, Amy, was gibt's?“

Und da hörte er zum ersten Mal davon, was sich oben auf dem Speicher der Villa in Southport befand, die sie und ihr aktueller Ehemann unlängst bezogen hatten.

***

Die Villa in Southport war weniger als einen Häuserblock vom Sund entfernt. Das hundert Jahre alte viktorianische Haus erstreckte sich über drei Stockwerke und war mit feinen Schnörkeleien und Kunstschmiedearbeiten überkrustet wie ein Lebkuchenhaus.

Harry kam um Viertel nach eins am Tag nach dem Anruf seiner ehemaligen Frau dort an. Als er auf der breiten Veranda auf der Vorderseite stand, fiel ihm auf, dass sie eine neue Cyclops-Alarmanlage hatten.

„Wie üblich zu spät“, stellte Amy fest, als sie ihn in die große Diele führte. Das Haus war mit den Gerüchen frischer Farben, neuer Teppiche, Möbelpolitur und Schnittblumen erfüllt.

„Es hat länger gedauert, von Wilton hierherzufahren, wahrscheinlich wegen Wind und Hagel. Und dann musste ich auch noch –"

„Du warst nie besonders gut darin, etwas zu planen, nicht einmal einen einfachen Besuch von einer Stadt in die andere." Sie half ihm aus dem Mantel, den sie behutsam hielt und dann eilends in einen großen Wandschrank trug. „Ist das nicht derselbe schäbige Mantel?"

„Derselbe wie was?"

„Er gleicht auf jeden Fall dem schäbigen alten Mantel, den du damals immer unbedingt tragen musstest, als wir äh … zusammen waren."

„Verheiratet. Wir waren verheiratet." Harry steckte die Hände in die Hosentaschen und sah sich um. An den Wänden hingen einige abstrakte Gemälde, hell und in silberglänzenden Metallrahmen. Den Künstler konnte er nicht identifizieren.

„Ja, es sind Businos." Sie lächelte dünnlippig und deutete mit einem Kopfnicken auf das nächste Bild, das hauptsächlich rot war.

„Ach ja, richtig, Busino." Er hatte keine Ahnung, wer zum Henker Busino war.

„Was ist mit deinen Haaren passiert?"
Er fasste sich an den Kopf. „Immer noch da, Amy."
„Aber nicht mehr sehr viele", bemerkte sie. „Du hattest damals sehr viel mehr Haare, als wir… äh… zusammenwohnten."
Er fragte: „Was ist mit den Gemälden, die ich mir ansehen sollte?"
„Mein Mann… hast du Tops eigentlich mal kennengelernt?"
„Tops? Der Vorname deines Mannes ist Tops? Nein, ich würde mich daran erinnern, wenn ich mal jemandem begegnet wäre, der Tops heißt. Wovon ist das die Kurzform?"
„Von nichts. Es ist ein Spitzname. Offensichtlich."
„Ist er zu Hause?"
„Nein, er ist bei seinen Eltern drüben auf Long Island. Ich fahre an Heiligabend zu ihnen. Ich finde, zwei Tage mit Mama Nayland ist alles, was ich unbeschadet ertragen kann."
„Wie nennen sie Tops' Vater?"
„Jared."
Harry nickte. „Die Bilder?"
„Ich wollte eigentlich sagen, dass Tops einen ganzen Kopf voll gewelltem Haar hat."
„So wie ich einmal."

Sie seufzte kurz. „Folge mir“, forderte Amy ihn auf. „Wir haben sie oben auf dem Speicher gelassen, nachdem wir sie letzten Monat gefunden hatten. Wie du weißt – ich habe es gestern in unserem Telefongespräch erwähnt –, lebte vor vielen Jahren ein Artdirector von irgendeiner New Yorker Werbefirma in diesem Haus. Ein Zufall, nicht wahr, wo du doch auch Artdirector bist? Sein Name war … äh … Hoganbanger.“

„Das bezweifle ich.“

„Irgendwas in der Art. Vielleicht Bangerhagen.“ Sie stieg die verschnörkelte Treppe hoch. „Tops und ich denken, sie könnten aus den Fünfzigern oder womöglich noch älter sein. Zurückgelassen von dem Artdirector.

Es sind alte Illustrationen von verschiedenen Künstlern, Zeug, das er mit nach Hause gebracht haben muss. Dieser Hagenfarmer scheint –"
„Meinst du Faberhagen? Eric Faberhagen?"
„Das könnte hinkommen. Hast du schon mal von ihm gehört?"
„Klar, er war in den Dreißigern und Vierzigern ein berühmter Artdirector! In Werbegrafikmagazinen wird immer noch ab und zu auf ihn Bezug genommen", antwortete Harry. „Er hat für die Agentur gearbeitet, die damals den Kubla-Kola-Kunden hatte."
„Ja, auf einigen dieser fürchterlichen Bilder sind Colaflaschen drauf."
Harry spürte, wie es ihm plötzlich die Brust zuschnürte. Er keuchte ungewollt und hielt sich am Geländer fest.
„Wirklich?", brachte er heraus.
„Hast du dich in letzter Zeit mal durchchecken lassen? Ein paar Stufen zu steigen sollte dich eigentlich –"
„Es ist die Bronchitis, das ist alles."
„Mit allem, was du an Gewicht zugelegt zu haben scheinst, solltest du dir mal ernsthaft Gedanken um dein Herz machen."
„Ich wiege genauso viel wie damals, als wir … äh … verheiratet waren."
„Ach komm, Harry!" Sie lachte. „Du warst früher

immer ziemlich schlank!“
„Ich war nie schlank, nein.“
„Na ja, jedenfalls schlanker als jetzt“, behauptete sie beharrlich. „Zwei Fluchten sind es noch – schaffst du das?“
„Jawohl, gnä’ Frau.“
„Ich habe gehört, du bist momentan nicht verheiratet?“
„Bin ich nicht.“
„Ich wollte dich eigentlich schon vor der Sache hier anrufen. Seit Tops und ich dieses Haus vor fünf Monaten gekauft haben und ich bei Thigpen Reality aufgehört habe“, erzählte seine frühere Frau ihm, als sie eine weitere Treppenflucht in Angriff nahmen. „Es ist nur so, dass Tops nicht sonderlich begeistert davon ist, wenn ich alte Liebhaber wiedersehe … oder alte Ehemänner. Aber als wir auf diese alten Werbemalereien gestoßen sind, fiel mir ein, dass du die perfekte Person wärst, uns zu sagen, was sie wert sind. Ich brachte Tops dazu, es wie ich zu sehen. Und es gibt ja auch wirklich keinen Grund, wieso du und ich nicht wieder befreundet sein können – auf eine entfernte Weise zumindest.“
„Als du ausgezogen bist, hast du durchblicken lassen, dass du mich nie mehr sehen willst. Lass überlegen … die exakten Worte waren: ‚Ich will dein pummeliges

Gesicht Zeit meines Lebens nie wieder anschauen müssen!'"

„Tja, dann schätze ich, du warst damals auch schon übergewichtig", erwiderte sie und nickte bedächtig. „Wie gesagt, ich sortiere meine Erinnerungen ziemlich oft aus. Ich kann mich nicht entsinnen, was ich vor elf Jahren möglicherweise zu dir gesagt habe. Haben meine Bemerkungen dich verletzt?"

„Nicht so sehr wie die Backsteine."

„Meine Güte! Habe ich einen Backstein nach dir geworfen, Harry?"

„Backsteine, Plural. Drei."

„Daran habe ich keine Erinnerung. Wo hatte ich denn die Backsteine her?"

„Der Bücherschrank in meinem Arbeitszimmer war aus Brettern und Backsteinen gebaut."

„Ach, dieses hässliche Ding! Ja, an den erinnere ich mich", sagte sie. „Tops und ich gerieten ins Plaudern, nachdem wir dieses kleine geheime Lager alter Werbegrafiken entdeckt hatten, die seit unzähligen Jahren auf dem Dachboden vor sich hin geschimmelt waren, und ich wies darauf hin, dass sie vielleicht etwas wert sein könnten. Tops wollte sie einfach St. Norby spenden."

„Noch ein Spitzname?"

„St. Norberts Heilige Konfessionelle Kirche. Du musst auf dem Weg hierher daran vorbeigefahren sein."
„Großes Gebäude mit einem Kreuz obendrauf?"
„Das ist die gute, alte St. Norby, ja." Sie ging eine weitere Treppenflucht hoch. „Aber bevor wir dieses Zeug für ihren Basar nächsten Monat spenden, fand ich, ich sollte eine Expertenmeinung einholen. Und nach einigem Debattieren gab Tops nach und erlaubte mir, dich herzubitten. Vielleicht ist dieser Mist ja doch was wert."
Als sie auf dem großen, kalten Dachboden ankamen und er die sieben Leinwände sah, brauchte Harry fast eine Minute, bis er an dem Punkt war, wo er wieder sprechen konnte. Er musste sich auf eine hochglanzpolierte Seemannstruhe setzen und ein paarmal husten. Sechs der ungerahmten Leinwände waren tatsächlich Mist. Aber die siebte – wie er von dem Moment an gehofft hatte, als er den Namen des alten Artdirectors gehört hatte – war ein großes Ölgemälde vom Nikolaus, der nach einer langen Nacht des Spielzeugauslieferns hemdsärmelig vor einem prasselnden Kaminfeuer hockte und sich entspannte, indem er eine Kubla Kola direkt aus der Flasche trank. Es handelte sich ohne jeden Zweifel um einen echten Maxwell Van Gelder!
Auch wenn die meisten Leute nichts von dem längst verstorbenen Werbezeichner wussten, der ein Günst-

ling des ebenfalls längst toten Faberhagen gewesen war, wurden von gewissen Sammlern große Summen für seine Kubla-Kola-Nikolaus-Bilder gezahlt. Er hatte zu Lebzeiten fünfzehn davon gemalt, doch nur fünf waren bisher aufgetaucht. Das letzte, das verkauft worden war, vor über drei Jahren, war von einer Kubla-Führungskraft für fast 400.000 Dollar erstanden worden. Dieses hier, das viel schöner war, dürfte wenigstens 500.000 bringen.

Nach einem weiteren Husten war Harry endlich in der Lage, seiner Exfrau mitzuteilen: „Sie sind nichts wert, Amy."

„Nichts, gar nichts?"

„Nicht genau nichts, nein. Es gibt Leute, die alte Werbegrafik sammeln. Ich würde sagen, du könntest wahrscheinlich hundert Dollar oder so für jedes davon bekommen", antwortete er. „Das mit dem Nikolaus könnte, weil es ein Weihnachtsmotiv hat, sogar zwei- oder dreihundert bringen."

Amy blickte ein paar Sekunden lang enttäuscht drein, dann lächelte sie. „Dieses Mal hatte Tops recht", sagte sie und ging Richtung Speichertür.

„Warte einen Moment!" Er stand von der Truhe auf. „Ich sammle solche Sachen selbst."

„Das war mir nicht klar. Obwohl du ja schon immer

dazu geneigt hast, das Haus mit allem möglichen albernen Zeugs vollzustopfen."
„Wie wäre es mit tausend Dollar für alles? Ich möchte mir den Weihnachtsmann ins Arbeitszimmer hängen, um mich an meine Tage mit Kubla zu erinnern."
„Das scheint mir ein fairer Preis, und hier oben setzt der Kram nur Staub an."
Der Scheck seines Bruders sollte morgen eintreffen; er konnte Amy einen Scheck über tausend ausstellen und trotzdem noch seine Wohnungsrate und ein paar der anderen Rechnungen bezahlen. Und falls er den Van Gelder still und heimlich verkaufen konnte, selbst wenn nur für 450.000 Dollar – Teufel auch, damit konnte er jahrelang leben! Klar, wenn man es klug investierte, konnte man sogar hier in Fairfield County gut leben.
„Ich nehme sie mit, Amy, und schicke dir als Erstes einen Scheck, wenn –"
„Oh, ich muss es zuerst mit Tops bereden."
„Klar, selbstverständlich. Kannst du ihn drüben in Long Island anrufen? Jetzt, meine ich."
„Tja, er ist zum Mittagessen weg, ich weiß nicht genau wo, mit Mama Nayland und Dr. Boopsy und –"
„Dr. Boopsy?"
„Sein richtiger Name ist Bublitzky. Als Tops klein war,

konnte er das nicht aussprechen, und seine niedliche Art, es –"

„Du kannst ihn aber heute Abend erreichen, oder?"

„Oder morgen früh, ja."

„Ich könnte sie jetzt mitnehmen, mir eine weitere Fahrt sparen und dir noch mehr Mühe. Er wird wahrscheinlich sein Okay geben und –"

„Das sollte ich besser nicht, Harry, ich will Tops nicht verärgern, indem ich eine Haushaltsentscheidung treffe, ohne ihn zuerst zurate zu ziehen. Anders als in den Tagen, als du und ich … äh … im selben Haus lebten, führen Tops und ich eine ganz demokratische Ehe."

„Das taten wir auch, Amy, bis du dich zum Führer ernannt hast und … Aber das war, wie du sagst, alles in grauer Vorzeit." Er rang sich ein Lächeln ab. „Ruf mich doch bitte an, sobald du es mit deinem Mann besprochen hast. Und vergiss nicht, Tops fröhliche Weihnachten zu wünschen!"

***

Harry wartete bis zum Mittag des nächsten Tages, ehe er Amy anrief. Er wollte keine übermäßige Ungeduld vermitteln, die seine ehemalige Frau misstrauisch machen könnte.

Er ließ das Telefon elfmal klingeln.
Nachdem er scheinbar eine halbe Stunde im Wohnzimmer auf und ab gegangen war – in Wirklichkeit waren es nur dreizehn Minuten gewesen –, versuchte er es noch einmal in der Villa in Southport. Diesmal bekam er ihren Anrufbeantworter dran.
Zu leiser Chopin-Musik im Hintergrund sagte eine dünne, nasale Männerstimme: „Tja, hi, hier ist, wie Sie zweifelsohne erwartet haben, die Wohnung der Naylands. Aber wie Sie vielleicht nicht erwartet haben, können im Moment weder Tops noch Amy ans Telefon kommen. Sie kennen ja das Prozedere, also warten Sie auf den Piepton, ja?"
Ohne auf den Piepton zu warten, legte Harry auf und murmelte dabei: „Was für ein Arschloch!"
Draußen fiel ein kalter, schwerer Regen, der den dürftigen Ausblick noch freudloser machte. Harry saß da, das Telefon wartend im Schoß, und betrachtete sich den Ausblick weitere sechsundzwanzig Minuten.
Dann gab er Amys Nummer noch mal ein.
Sie ging, ungeduldig und außer Atem klingend, beim sechsten Klingeln dran. „Ja, was?"
„Hier ist Harry und –"
„Ach, du hast einen ganz schlechten Zeitpunkt für deinen Anruf gewählt, Herzelein. Mr. Sanhammel steht in

der Unterhose im Wohnzimmer und –“
„Wie bitte?“
„Es ist wegen der Nikolaus-Sternsinger“, erklärte sie. „Ich bin sofort wieder da, Mr. Sanhammel! Er geht auf die achtzig zu, der arme liebe Mann.“
„Aber warum steht er in Unterhosen in eurem Wohnzimmer?“
„Das dürfte doch offensichtlich sein. Wenn die Leute älter werden, neigen sie zum Zunehmen, wie du sehr wohl weißt. Sein Nikolauskostüm passt ihm nicht mehr und muss weiter gemacht werden, tatsächlich sogar ein gutes Stück, besonders um den Bauch herum. Aber die arme alte Mrs. Sanhammel liegt gerade auf der Intensivstation im Norwalk-Krankenhaus wegen ihres –“
„Was sind die Nikolaus-Sternsinger?“
„Eine Southport-Tradition.“
„Ach so?“
„Jeden Heiligabend ziehen sie durch die Straßen und Gassen unserer Stadt, alle ohne Ausnahme als Sankt Nikolaus verkleidet, und bleiben an verschiedenen Stellen stehen, um Weihnachtslieder und Choräle zu singen.“
„Das ist faszinierend, Amy. Jetzt zu den –“
„Du findest es überhaupt nicht faszinierend! Das erkenne ich an dem wohlbekannten gönnerhaften Klang deiner –“

„Eigentlich hatte ich mich gefragt, ob du mit deinem Mann über diese zweitklassigen alten Werbemalereien gesprochen hast. Ich bin heute zufällig bei euch in der –"
„Ja, habe ich. Tops findet, wenn sie wirklich nur tausend Dollar wert sind, dann sollten wir sie doch St. Norby stiften."
„Ich gehe auf zwölfhundert hoch. Ich spende das Geld St. Norby und erspare ihnen die Mühe, sie zu –"
„Ich will ganz offen zu dir sein, Harry", fiel sie ihm ins Wort. „Tops sagt, er würde die Bilder lieber auf die Mülldeponie werfen, als sie einem abstoßenden Ekel wie dir zu verkaufen."
„Wodurch hat er den Eindruck gewonnen, ich wäre ein abstoßendes Ekel?"
Nach ein paar Sekunden des Schweigens antwortete sie: „Na ja, womöglich habe ich in meinen Erzählungen über einige Tiefpunkte unserer erbärmlichen Ehe ein bisschen übertrieben, Harry."
Er sagte: „Fünfzehnhundert Dollar!"
„Es ist zwecklos. Er wird sie dir nicht verkaufen. Aber, hey, du kannst ja nächste Woche zum Kirchenbasar kommen! Ich werde dir von Vater Boody eine Einladung schicken lassen."
Das war viel zu riskant. Wenn der Van Gelder an die Öffentlichkeit gelangte, würde ihn womöglich jemand

anders noch erkennen. „Wäre es vielleicht nicht viel einfacher, wenn –“

„Der arme Mr. Sanhammel kriegt am ganzen Körper Gänsehaut. Ich muss jetzt wirklich gehen. Fröhliche Weihnacht, und vielleicht sieht man sich ja auf dem Kirchenbasar nächsten Monat.“

„Ja, fröhliche Weihnacht.“

***

Das Schwierigste war, ein Nikolauskostüm zu finden. Erst am Nachmittag von Heiligabend nahm Harrys Plan Gestalt an, und bis dahin hatten die wenigen Kostümverleihe in seinem Teil Connecticuts schon längst verliehen oder verkauft, was sie vorrätig gehabt hatten.

Er ließ jedoch nicht locker und machte schließlich drüben in Westchester County ein Outlet für Gebrauchtkleidung ausfindig, das ein abgenutztes Nikolauskostüm zum Verkauf anbot. Sie wollten zweihundert Dollar für das verdammte Ding, aber weil der Scheck von seinem Bruder reingekommen war, konnte er mit dem Bargeld schnell in den Staat New York rüberfahren, um es zu kaufen. Der Bart war in schlechtem Zustand, strähnig und von einem dreckigen Gelb. Als er damit nach Hause kam, nahm Harry eine Sprüh-

dose mit Elfenbeinfarbe und hellte ihn damit beträchtlich auf.
Den Rest dieses grauen Nachmittags und einen Teil des frühen Abends verbrachte er an seinem Reißbrett, wo er alles Material studierte, das er aus den Tagen, als er für diesen Kunden gearbeitet hatte, über die Cyclops-Sicherheitssysteme aufbewahrt hatte. Es erschien ihm definitiv möglich, nur indem er das Werkzeug benutzte, das er zur Hand hatte, den Alarmanlagentyp zu überlisten, der in Amys Villa zum Einsatz kam.
Sein Plan war simpel. Es würde ein Dutzend kostümierter Nikoläuse geben – wie viele Sternsinger es waren, hatte er alten Ausgaben der *Southport Weekly* in der Stadtbücherei entnommen –, die von neun bis Mitternacht durch die Straßen der Stadt ziehen würden. Einem dreizehnten würde vermutlich niemand besondere Beachtung schenken. Erst recht nicht an Heiligabend. Amy und Tops waren inzwischen drüben in Long Island, und ihr Haus stand leer.
Van Gelders Nikolausgemälde lag ruhig oben auf dem Speicher. Alles, was Harry tun musste, war, die Alarmanlage lahmzulegen, das Haus zu betreten und das Bild an sich zu nehmen. Um den Verdacht von sich abzulenken, würde er auch noch alles an Silber und

Schmuck mitgehen lassen, was er finden konnte. Und er würde die ganzen fürchterlichen Busino-Gemälde mitnehmen, die in der Diele hingen. Die Polizei würde davon ausgehen, dass der Dieb die Werbegrafiken in der Annahme gestohlen hatte, dass auch sie wertvoll wären.

Dann, nach einer sicheren Zeitspanne, würde er das Bild verkaufen und von den 500.000 Dollar leben. Es würde keine Vorstellungsgespräche mehr mit Artdirectors geben, die zehn oder zwanzig Jahre jünger waren. Keine Darlehen oder Belehrungen von Roy mehr.

Um sein Einkommen zu erklären, würde er vorgeben, für Galerien zu malen. Tatsache war, dass er einmal ein verdammt guter Maler gewesen war, und vielleicht würde er es tatsächlich noch einmal damit versuchen.

Sein Plan war nicht schlecht. Doch was Harry nicht vorhergesehen hatte, war der vierzehnte Nikolaus.

***

Bei Anbruch der Nacht kam ein starker Wind auf, und als Harry zu seinem Carport lief, kurz nach zehn, wurde er vom Regen heftig attackiert.

Er trug das Nikolauskostüm in einem großen Wäschesack aus Stoff bei sich. Später, nachdem er sich umgezogen hätte, würde er den Sack benutzen, um den Van

Gelder und den Rest der Beute fortzutragen. Niemand würde besonders auf einen Nikolaus achten, der einen offenbar mit Spielsachen prall gefüllten Sack dabeihatte.
Die Stadtbücherei von Southport lag weniger als einen Block weit von Amys Villa entfernt. Das Gebäude war dunkel, und auf dem unbeleuchteten Parkplatz standen nur noch zwei andere Autos. Harry parkte dort und öffnete den Sack. Er nahm die Jacke zu dem Nikolauskostüm heraus.

Nachdem er den Blick kurz über den von Regen und Wind gepeitschten Parkplatz hatte schweifen lassen, fing er an, die Jacke anzuziehen. In den Ärmeln waren mehrere Mottenlöcher. Als Nächstes zwängte er sich in die Hose, was über seiner Jeans ein hartes Stück Arbeit war. Er hörte etwas reißen, aber als er seine Hose abtastete, konnte er keinen Riss entdecken.

Der Regen trommelte aufs Autodach, der Wind ächzte in den Ästen der Bäume über ihm.

„Ach du Scheiße!“, sagte er laut. „Wo ist der Bart? Wo ist der verdammte Bart?“

Er schob die Hand noch einmal tief in den Sack.

„Autsch! Verdammt!“

Er hatte sich den Zeigefinger an einem der Schraubendreher geritzt, die er zur Arbeit an der Alarmanlage mitgenommen hatte.

„Ah, da ist er ja!“ Als er den vermeintlichen falschen Bart herauszog, stellte dieser sich jedoch als seine Nikolausmütze heraus.

„Ich hatte den Bart! Ich weiß, dass ich ihn in den Sack gesteckt habe!“

Dann bemerkte er etwas Weißes auf dem Boden des Autos, neben sich auf der Beifahrerseite. Er packte den Bart und befestigte ihn mithilfe der Ohrschlaufen aus Draht. Er reckte sich und versuchte, sich im Rückspiegel zu betrachten. Das Ding war komplett angelaufen, und es gab sowieso nicht genug Licht.

Harry wollte die Tür öffnen. „Schwachkopf!", schalt er sich. „Handschuhe! Du hättest fast die verdammten Handschuhe vergessen!"

Auch die lagen irgendwo in dem Wäschesack. „Autsch!" Er fand sie und streifte sie über.

Er nickte vor sich hin, nahm den großen Wäschesack und stieg aus dem Wagen.

Wind und Regen fielen über ihn her und drückten ihn in die falsche Richtung. Schnaufend kämpfte er dagegen an und schaffte es, auf sein Ziel zuzusteuern. Der Wind verfing sich im Bart und riss ihn von einem Ohr ab.

Harry rettete ihn, machte ihn wieder fest. Als er auf dem Gehweg stand und Amys dunkle Villa auf der anderen Seite beobachtete, fuhr ein Mercedes auf der nassen Straße vorbei.

Der Fahrer hupte, und aus einem kurz herabgelassenen Fenster schrie jemand: „Fröhliche Weihnachten, Mr. Sanhammel!"

Harry winkte. Vielleicht hatte er ja tatsächlich zugenommen.

Nachdem das Auto von der Dunkelheit verschluckt worden war, lief er über die Straße. Er watete rasch über den Rasen zur Rückseite des viktorianischen Hauses.

Er beabsichtigte, durch die Hintertür einzudringen, die von der Straße aus nicht zu sehen war und von einer Gruppe Ahornbäume geschützt wurde. Unten auf der anderen Seite des rückwärtigen Rasens befand sich ein schmaler Streifen Strand. Das Wasser des Sundes war dunkel und schaumig.

„Das ist typisch für Amy!", murmelte er, als er die Hintertür erreichte. „Sie ist schon immer weggegangen und hat alles sperrangelweit aufgelassen!"

Die Tür stand einen Zentimeter weit offen. Behutsam streckte Harry die behandschuhte rechte Hand aus und drückte dagegen. Mit einem leisen Quietschen schwang sie nach innen.

Nachdem er eine halbe Minute gehorcht hatte, überquerte er die Schwelle und begab sich durch den hinteren Teil der Diele. Das Haus roch genau wie an dem andern Tag.

In der vorderen Diele blieb er stehen und runzelte die Stirn. Selbst bei diesem schwachen Licht fiel ihm auf, dass die Businо-Bilder nicht mehr an den Wänden hingen.

Dann entdeckte er sie, gestapelt und an den unteren Treppenstufen lehnend.

Das war knapp zehn Sekunden, bevor er merkte, dass jemand die Treppe herunterkam.

„Guten Abend, Sir, hallo!“, sagte Harry und bemühte sich, seiner Stimme den Ton eines älteren Mannes zu geben. „Ich bin Mr. Sanhammel aus –“
„Du bist zum falschen Zeitpunkt hier reinspaziert, mein Freund.“ Der Mann, der auf ihn zukam, hatte einen Koffer in der rechten Hand und einen .38er Revolver in der linken. Unter seinem Arm klemmte eine eingeschaltete Taschenlampe.
Er trug ebenfalls ein Nikolauskostüm und einen hübschen Bart.
„Verdammt! Jemand anders mit derselben Idee!“ Harry machte auf dem Absatz kehrt und wollte davonrennen.
Der andere Santa kam die Treppe hinuntergestürzt. Er ließ den Koffer fallen, der scheppernd auf dem Boden landete. Er packte Harry am Arm, wirbelte ihn herum und schlug ihm den Griff seines Revolvers hart an die Schläfe.
Das war es allerdings nicht, was Harry umbrachte. Es war der Sturz auf den Boden und das Brechen seines Schädels am obersten Busino.
Was der Einbrecher als Nächstes machte, war die Beute einzusammeln, die er unten gelassen hatte, sie der Beute hinzuzufügen, die er oben eingesammelt hatte, und alles zusammen mit Harrys Wäschesack im

Koffer zu verstauen. Er ließ ihn ein paar Momente stehen, um den offensichtlich toten Harry aus dem Haus und über den rückwärtigen Rasen zu tragen. Am Rand des Wassers ließ er ihn liegen.

Er kehrte ins Haus zurück, sammelte seine Sachen ein, empfahl sich und schaltete die Alarmanlage wieder ein. Als man Harrys Leiche unten am Strand entdeckte, kam vermutlich keinem in den Sinn, dass ein Einbruchsdiebstahl verübt worden war. Jedenfalls nicht sofort.

Keine der Werbegrafiken auf dem Speicher war gestohlen worden. Im Januar spendeten Amy und Tops die Gemälde dann tatsächlich dem St.-Norbert-Basar.

Ein junger Werbegrafiker aus Westport erstand den Van Gelder für 225 Dollar. Harry hatte den Wert des Nikolausbildes übrigens überschätzt: Es brachte nur 260.000 Dollar, als es letzten Monat in einer Galerie in Manhattan versteigert wurde.

Hinter jedem grossen Vermögen steht ein Verbrechen.

Honoré de Balzac

Quellen

Gitta Edelmann, Besuch bei einer alten Dame.
© bei der Autorin

Nicola Förg, Schwedisches Gift.
© bei der Autorin

Nina George, Unheiliger Abend.
© 2013 Nina George, Unheiliger Abend. Bei Knaur Taschenbuch. Ein Imprint der Verlagsgruppe Droemer Knaur GmbH & Co. KG, München

Ron Goulart, Ein Besuch vom Nikolaus.
Aus: Otto Penzler (Hrsg.), Eine Leiche zum Advent. Das große Buch der Weihnachtskrimis.
Ins Deutsche übertragen von Axel Franken.
© 2016 by Bastei Lübbe AG, Köln

Wir danken den Autoren und Verlagen für die freundliche Abdruckgenehmigung.